Emmanuelle Pagano

Die Haarschublade

Ihr persönliches Leseexemplar!
Bitte beachten Sie die Sperrfrist:
bitte keine Rezensionen vor dem 21. August 09

Quart*buch*

Emmanuelle Pagano

Die Haarschublade *Roman*

Aus dem Französischen
von Nathalie Mälzer-Semlinger

Verlag Klaus Wagenbach Berlin

Für meine Nachbarin, die es nicht mehr ist.

Die Backröhre ist eingeschaltet, ich springe auf, nein sage ich ihm. Nein. Titouan schüttelt lachend den Kopf. Ich schiebe seinen neugierigen Arm zurück, hocke mich hin und ziehe seinen Körper an mich heran. Es ist heiß. Wegen des Frühlings und der Lasagne. Titouans Rücken fühlt sich ganz warm an unter dem Stoff. Ich hebe seine Schlafanzugjacke hoch, um Luft an seinen Oberkörper zu lassen. Er reißt sich los. Ich fange ihn wieder ein. Fahre mit der Hand durch sein halblanges Haar, die braunen Locken beben, es sieht aus wie schlecht angerührter Kakao. Etwas zu dickflüssig, bestimmt zu süß. Er schiebt meine Hand weg und kratzt sich am Kopf. Ich mag Haare, selbst fettiges, sprödes, dickes Haar. Mattes, seidiges, geschmeidiges, feuchtes Haar. Ich befühle gern Haare. Sehe mir ihre Beschaffenheit, ihre Farbe, ihre Textur genau an. Und nähere mich den Köpfen von hinten, von der Seite. Ich folge gern den überraschenden Bewegungen der Locken. Rieche heimlich an ihnen.

Titouan schaut auf die Backofenscheibe und schüttelt wieder den Kopf. Auf die Stirn, auf die Schläfen fällt der Schatten seines zerzausten Ponys mit der Farbe gieriger, maronengeschwärzter Hände. Er schwitzt ein wenig, so dass die Haaransätze sich kräuseln. Ich weiß nicht, ob ich mehr Lust auf Kakao oder Maronen habe. Es ist nicht die Jahreszeit dafür, auch nicht für Lasagne. Titouan beginnt ungeduldig zu hüpfen, wie ein zwischen meinen Schenkeln gefangenes Tier. Ich presse sie fester zusammen, das bringt ihn zum Lachen. Nein, es ist heiß. Gern würde ich mit einem Nackenwedel über die Stelle hinter seinen Ohren fahren, um ihn zu erfrischen und zu kitzeln.

Pierres Haare sind ganz anders. Vom ständigen Scheuern verkletten sie sich und lassen sich nicht mehr entwirren. Ich habe es aufgegeben, ihn morgens und abends zu kämmen. Sie sind so fein, so lang, man braucht Stunden. Die Blondtöne (leuchtend hell) mischen sich und bilden ein wirres Geflecht, aber noch keine richtigen Dreadlocks, die goldenen Blondtöne durchweben die perlmuttfarbenen Blondtöne. Seine Haarfarbe ist voller Schattierungen. Ich liebe die Reflexe in seinem Nacken, wenn ich ihn auf den Arm nehme und ins Bett bringe (an der Fenstertür vorbei, wo der Abend das Licht dimmt, meine Wohnung ist still und seine Haare bewegen sich).

Heute Abend ist Pierre bei meiner Mutter, ich habe kochen können. Titouan liebt Schneckenlasagne. Er klettert auf den Kinderstuhl (ich helfe ein wenig). Die Stille wird von Kinderbewegungen und gerückten Stühlen durchlöchert. Wir sind hier mitten im Zigeunerviertel, alle Fenster stehen offen. Die Häuser drängen sich aneinander. Ich höre die Kinder der anderen, als wären es meine eigenen.

Es ist ein umständliches Viertel. Die Gassen sind zu eng, um mit dem Auto durchzufahren (davon abgesehen habe ich keins, nicht einmal den Führerschein). Zwischen den Häusergruppen gibt es Treppen, um die Straße zu wechseln, eine Abkürzung zu nehmen oder einfach nur in den Schatten zu gehen. Ganze Straßen in Treppenform. Straßen, die eigentlich keine Straßen sind, sondern Durchgänge. Die Touristen nehmen weder die Durchgänge, noch die Treppen (dort wimmelt es von Katzen, und es riecht nach Urin). Sie folgen dem Rundgang hinunter bis zum Wall. Es werden immer mehr, weil wir schon fast Sommer haben. An den Vorbauten bleiben sie stehen, heben den Kopf zu den Fensterkreuzen, treten ein paar Schritte zurück und fotografieren. Wenn sie am Ende des langen dunklen Gangs Pierre erblicken, wie er draußen, auf den Stufen zu meiner Wohnung angebunden ist, stutzen sie. Die Laubengänge, die von der Straße zu den Häusern führen, stehen im Reiseführer, also nähern sie sich ein wenig und werfen verstohlen einen Blick hinein, empfinden dabei einen leichten Schauer, als würden sie aus der Zeit fallen. Ich sehe, wie sie versuchen, uns zu sehen, sage pst und zurre das Seil fester. Und wenn Pierre sich bewegt, sich zeigt, setzen sie verlegen die Besichtigung des mittelalterlichen Dorfes fort.

Ich lebe allein mit Titouan, und gelegentlich mit Pierre, damit meine Mutter ein wenig verschnaufen kann.

Sie will immer häufiger verschnaufen. Pierre ist ziemlich groß für sein Alter. Allmählich wird er schwer, eine Last. Zwei-, dreimal die Woche nehme ich ihn, manchmal auch häufiger. Auch mir wird er zu schwer, zur Last. Sein Kinderwagen ist bald zu klein.

Titouan mit seinen knapp zwei Jahren ist so leicht. Im Dorf macht er die Runde der lächelnden Gesichter. Ich fahre ihn in Pierres Kinderwagen spazieren, und alles geht wie von selbst. Er ist lustig. Manchmal nehme ich ihn mit in die Stadt, um die Läden abzuklappern.

Im Acht-Uhr-Dreißig-Bus Richtung Stadt begegne ich meiner ehemaligen Nachbarin. Zur ersten Stunde hat sie nicht so oft Unterricht (sie geht jetzt ins Gymnasium). Wir grüßen uns, das ist alles. Früher hatten wir wenigstens ein paar Worte oder ein Schweigen füreinander. Meinen Klein-Mädchen-Erinnerungen mangelt es daran. Wir hatten für alles Zeit, sogar dafür, nichts zu sagen. Jetzt ist es nicht mehr dasselbe. Sie steigt vor mir aus (auf ihren Schultern der offene Rucksack, vollgepackt mit Heften, dicken Ordnern und Büchern), stets ein wenig hinter den anderen Schülern, saumselige Träumerin, als würde sie für sich einen Luftabstand beanspruchen. Ich glaube, ich beneide sie. Ihre ungekämmten Haare haben sich unter den Rucksackriemen verklemmt, sie verzieht das Gesicht, versucht sie herauszubekommen. Danach fährt der Bus die Allee entlang, und ich verliere sie aus den Augen.

Sie ist eine richtige Intellektuelle, liest überall, sogar im Bus. Hält ein Buch in der Hand, so wie ich früher eine Zigarette: aus Trotz, aus Zwang, zur Zerstreuung. Vielleicht aus Gewohnheit.

An manchen Morgen lächelt sie mich zwischen zwei Seiten an. Streicht sich die Haare aus dem Gesicht und hebt den tiefblauen Blick, ich lächle zurück, dann versenkt sie sich wieder in ihr momentanes Buch und lässt ihre schwarzen Haare darüber fallen.

Bei Pierres Geburt bin ich von der Schule abgegangen. Ich hatte gerade eine berufsorientierte neunte Klasse absolviert, um Praktika machen zu können, weil mich der Unterricht und Bücher immer angeödet haben. Später wollte ich Friseuse werden.

Inzwischen arbeite ich im Friseursalon des Dorfs (Friseur für Damen und Herren und Kosmetikstudio), weil ich aber keinen Abschluss habe, sondern nur ein bisschen Erfahrung, mache ich keine Haarschnitte. Das Schneiden bleibt der Chefin vorbehalten. An Tagen mit großem Trara, wie an manchen Samstagen oder am Morgen einer Hochzeit, lässt sie mich wenigstens die Spitzen schneiden, ein paar Bobs oder anderen Kleinkram beenden, um sich der Hochsteckfrisur für die Braut widmen zu können. Das ist mein Traum, eine Brautfrisur zu machen. Wenn ich mich zu hässlich finde, übe ich an mir selbst, aber es ist nicht leicht, und das deprimiert mich.

Die Haare anderer Leute zu frisieren, sie in die Hand zu nehmen, ist wie ein Zwang, ich kann dem nur schwer widerstehen. Eines Abends habe ich mich auf die Weise um Pierres Haare gekümmert. Er war ungewöhnlich ruhig, und nach langem Waschen war es mir gelungen, seine Haare durchzukämmen. Wir saßen beide auf meinem Bett, Titouan schlief schon. Sein Atem ging so regelmäßig, dass er mir endlos erschien. Er hätte durch die Wände, das Viertel das Dorf die Weinberge dringen können, er war wie das Meer. Titouan atmete nicht laut, aber er schlief wie ein Baby, was er ja auch noch ist. Vielleicht war Pierre deshalb so ruhig. Er saß zwischen meinen Beinen, die vor seinem Oberkörper gekreuzt waren. Sein Haar glitt durch meine Finger und fiel ihm lockig über die Schultern. Die tief stehende Sonne sandte warme Strahlen in die Mischung von Blondtönen. Von hinten war er schön wie ein Mädchen. Ich nahm die Bürste, die auf dem Boden lag, und griff nach der dicken durchsichtigen Friseurtasche (auf dem Brett über meinem Bett), wobei ich darauf achtete, dass meine Beine eng um ihn verschränkt blieben. Ich wollte nicht, dass er sich losreißt, Angst bekommt, genug hat. Es sollte dauern.

Ich holte alle möglichen Accessoires aus meiner Tasche. Neonfarbene Clips, mit Muscheln verzierte Haargummis, Spangen mit pastellfarbenen Steinchen, verschiedene Haarstäbe und sogar bunte Federn, sowie ein lavendelfarbenes Band, geflochtene Zöpfe mit Perlen und massenhaft Gummibändchen. Ein paar nahm ich zwischen die Finger, andere in den Mund, und presste die Oberschenkel fester zusammen. In Pierres Hüften war eine Anspannung zu spüren, dann nichts mehr. Ich bürstete, zog und zog, rollte seine Haare in alle Richtungen auf. Begann mehrmals von vorn.

Der barocke Haarknoten war aufwändig und unordentlich, prachtvoll. Ich wollte sehen, ob er seine großen hellen leeren Augen zur Geltung bringt. Beugte mich vor. Seine Augen waren geschlossen. Ich spürte seinen Atem auf der Wange, der sich für einen flüchtigen Augenblick über den von Titouan legte. Auf einmal überkam mich Scham. Ich löste seine Haare, zupfte hastig die hineingesteckten Accessoires heraus und räumte alles wieder in die Tasche. Mit Groll in den Knien öffnete ich die Beine. Dann stand ich auf, um Pierre auf den Arm zu nehmen und ins Bett zu tragen. Ich legte mich auf meins. Pierres langes offenes Haar fiel durch die Stäbe. Im Abendlicht sah ich eine vergessene Perle aufblitzen. Nachtlämpchen, dachte ich, und war zu träge, wieder aufzustehen.

Im Friseursalon fühle ich mich trotzdem nützlich. Ich helfe beim Saubermachen, wasche, bürste dichte Mähnen, glätte blonde Linien, die Grundregel für seidigen Glanz ist sorgfältig gekämmtes Haar. Ich lasse mir Zeit. Trage Strähnchen mit dem Pinsel auf, manchmal färbe ich auch, dicke violette Pampe, durch die meine durchsichtigen Handschuhe kommen und gehen. Ich mag glitschige Materialien, feuchte Erde mit stechendem, mehr oder weniger natürlichem Geruch. Kneten und walken gefällt mir. Wenn es darum geht, mit Wachs zu epilieren, melde ich mich immer freiwillig, sogar bei alter Haut. Ich berühre sie gern. Und der Chefin ist es nur recht, sie empfindet das als undankbare Aufgabe. Ich glaube, sie mag die Alten nicht sonderlich. Ich auch nicht, aber gut. Ich stelle mich hinter sie, Entschuldigung, und setze die Omis unter die große Trockenhaube. Ich höre ihnen viel zu.

Ich gebe meinem kleinen Jungen einen Kuss und schließe vorsichtig die Schlafzimmertür. Noch ist es nicht ganz dunkel. In der Dämmerung setze ich mich an den Küchentisch, vor die Fenstertür. Ich mache kein Licht.

Das Schlafzimmer der Kinder ist auch meins. Es ist zwar klein, aber ich habe die Betten der Kinder parallel stellen können (zwei Babybetten nehmen nicht viel Platz weg), zwischen den beiden steht ein kleiner Nachttisch mit Lampe und auf der anderen Seite mein Bett mit einem Brett darüber, als Nachttisch. In meiner Ecke ist ein kleines Fenster gleich unter der Zimmerdecke, und in der Ecke der Kinder genauso eines, ganz klein, ganz oben. Weil wir direkt unterm Dach sind.

In meiner Wohnung gibt es keinen Flur, man tritt gleich in die Küche. Die Küche ist Küche und Wohnzimmer zugleich (mit einem kleinen Balkon am Ende, einer Fenstertür, durch die man ihn betritt, und einem Perlenvorhang, um die Fliegen fernzuhalten, wenn ich offen lasse). Sie ist auch das Badezimmer. Ein großer Plastikvorhang trennt das Spülbecken von der Duschecke. Dahinter befindet sich eine kleine Sitzbadewanne mit breitem Rand. Das ist praktisch, wenn man ein Baby hat. So kann ich Titouan auf dem Rand wickeln, ihm den Schlafanzug und eine Windel für die Nacht anziehen (er macht immer seltener hinein, langsam wird er ein großer Junge). Auch ich kann mich auf den Rand setzen, wenn ich Pierre in die Wanne lege. Ich muss immer in der Nähe bleiben. Er passt nicht so gut hinein wie sein kleiner Bruder. Um ihn zu wickeln, hebe ich ihn hoch und lege ihn auf den Küchentisch, weil er zu groß, zu schlaff ist, um auf den Wannenrand zu passen.

Es macht mir keinen Spaß, Pierre beim Baden zu beaufsichtigen. Ich muss ihn mit dicken Schaumstoffkeilen stützen, die ich im Heimwerkerbedarf gefunden habe (danach wringe ich sie gut aus und stelle sie zum Trocknen auf den kleinen Balkon). Noch kriege ich es einigermaßen hin, ihn zwischen den Schaumstoffblöcken eingeklemmt zu waschen, in meiner Sitzbadewanne hinten in der Küche.

Meine Mutter macht es anders, weil ihre Badewanne zu groß ist, um Pierre einzukeilen, weil es keinen breiten Rand gibt, auf den man sich setzen kann, weil es sie ermüdet, sich vorzubeugen und ihn nur mit den Händen, den Armen, dem Rücken, dem ganzen Körper zu halten, der nicht mehr die Kraft dazu hat.

Sie legt Pierre aufs Bett, das mit einem großen Handbuch bedeckt ist, wäscht ihn mit dem Waschlappen (sie taucht den Waschlappen in eine große Schüssel, die sie auf den Bettvorleger gestellt hat). Ich habe ihr dabei zugesehen. Ich habe gesehen, wie Pierres Wasser dunkel wird, bevor sie es in die Toilette kippt. Weil selbst mit den Juniorwindeln immer ein bisschen Kacke am Hintern kleben bleibt (die Babypflegetücher sind zu klein, zu schmal, man kriegt nicht alles weggewischt).

Es macht mir keinen Spaß, Pierre zu baden. Nicht weil es so ekelig wäre, sondern weil ich mich langweile. Gedankenverloren spielt er mit dem Wasser. Mit der linken Hand, der einzigen, die sich einigermaßen präzise bewegt. Ich bin mir nicht sicher, ob er spielt, aber es sieht so aus (er murrt). Ich schaue ihm beim Spielen zu. Wenn ich ihn anschaue. Ich schaue ihn nicht oft an, weil er nicht weiß, was anschauen ist. Mich sehen, wie ich ihn anschaue und ihn sehen, wie er mich sieht, wie mit Titouan, der loslacht, sobald er meinen Augen begegnet, lacht, dass er fast ertrinkt, den ganzen Raum hinterm Vorhang voll spritzt, ja sogar einen Teil der Küche,

Wasser sprühend, bis in die Augen. Pierre hingegen hält die Augen immer trocken. Seine Augen richten sich auf die Decke, also hat es keinen Zweck. Ich klemme ihn in den Schaumstoff, setze mich für alle Fälle auf den Wannenrand und nehme mir eine Zeitschrift, blättere darin. Oder ich nutze die Gelegenheit, mir die Nägel zu schneiden, ein paar Haare von den Beinen zu entfernen. Oder suche nach Pickeln (meine Haut ist zu fettig, ich müsste mir im Salon eine Gesichtspflege machen lassen). Ab und zu starre ich ihn an, nur so, man weiß ja nie, aber wenn ich seinen Augen begegne, senke ich meine, weil sein nackter Blick mich einsam macht.

Wenn seine linke Hand sich nicht mehr bewegt, sich verkrampft, wenn das Murren aufhört, habe ich Angst, dass er einschläft. Ich hebe ihn ein wenig an, um nach der kleinen Kette greifen zu können, und schaue, während ich den Stöpsel ziehe, in die Küche, ich höre, wie sich die Badewanne leert, ohne das schmutzige Wasser zu sehen. Mit dem Waschlappen fahre ich über seinen Körper, wobei ich mit dem Gesicht anfange (vorher habe ich seine Haare zu einem raschen Pferdeschwanz zusammengebunden). Er lässt es geschehen. Mit dem Hintern höre ich auf, und wenn er groß gemacht hat, wende ich den Kopf kaum ab, schließlich ist er mein Sohn.

Dann setzte ich ihn wieder in den Schaumstoff, um ihn abzuduschen, an manchen Tagen blinzelt er, wenn ihm das Wasser übers Gesicht läuft, als wäre es, ich weiß nicht, unangenehm, überraschend. Ich drehe mich um, nur solange wie ich brauche, um den großen Küchentisch mit dem Badetuch drauf an die Wanne zu ziehen. Ich hebe Pierre heraus, wobei ich seinen Körper aus den Schaumstoffblöcken zu befreien versuche, er schlägt um sich, man könnte meinen, es tut ihm weh, aber er beruhigt sich schnell wieder, weil ich ihn ganz sanft aufs Handtuch lege und meine Hände eine nach der anderen unter seinem Rücken hervorziehe, ganz vorsichtig, so. Er windet sich. Ihn auf dem großen Tisch abzutrocknen, macht mir Spaß, ich nehme ein zweites frisches Handtuch, decke ihn vollständig zu, löse sein Haar, verberge sein Gesicht, rubbele ihn am ganzen Körper ab und decke ihn dann Stück für Stück auf, ganz ruhig, um ihn mit süßem Mandelöl und Calendula einzureiben, langsam, so langsam, dass ich den Eindruck habe, etwas in ihm zu berühren, seinen Rhythmus zu streicheln.

Er ist über fünf Jahre alt, aber ich reibe ihn noch immer mit Öl ein, wie ein Baby. Seine Haut ist so rot, so trocken vom ewigen nutzlosen Daliegen im Kinderwagen, im Bett, auf Emaille oder Schaumstoff. Der Geruch des Öls vermischt sich mit denen von draußen. Die Fenstertür steht offen. Der Perlvorhang fängt und zerreibt die Tropfen der Dusche. Der um die Wanne herum ist zur Seite geschoben. Träge schleppt sich die laue Abendluft an den Tisch. Die beiden Vorhänge bewegen sich sacht, voll Wasser und Wärme. Titouan läuft um den Tisch, Pierre lässt sich anfassen. Damit es noch ein wenig länger dauert, setze ich mich auf einen Stuhl.

Titouan will Pipi machen, immer im ungünstigsten Augenblick, wenn ich mich ein bisschen zu sehr um seinen großen Bruder kümmere.

Die Toilette ist auf dem kleinen Balkon. Im Winter ist das manchmal nervig. Ansonsten ist es gar nicht so schlecht, an der frischen Luft Pipi zu machen, umgeben von den Geräuschen der Nachbarn und den Schreien der Mauersegler.

Titouan ist eingeschlafen. Ich habe seine Zimmertür zugezogen und ihm leichte Träume gewünscht.

Im beginnenden Zwielicht sitze ich da und schlage eine Zeitschrift auf. Wahllos fange ich einen Artikel an, komme aber nicht weiter. Ich stehe auf und bereite mir einen Kräutertee mit Schachtelhalm, einen Speckweg-Tee, so steht's auf dem kleinen gefalteten Papier am Bindfaden. Während ich mich wieder setze, rühre ich den Beutel in meiner Tasse um, nein, der Artikel ist doch zu uninteressant.

Ich gehe mit der Tasse auf den Balkon und betrachte das Dorf, das bis zum unsichtbaren Fluss hinabreicht. Die Häuser werden allmählich dunkel und still. Der Balkon ist das Dach einer anderen Wohnung. Über mir sind nur noch Mauersegler. Und wenn es nachher regnen sollte, fliegen sie sogar unter den Balkon, auf der Suche nach Insekten, die vom Luftdruck zu Boden gepresst werden. Wenn die Kinder eingeschlafen sind, bin ich die einzige hier so weit oben, ganz allein am Rand des Regens.

Unter mir, auf den anderen Terrassen ist keiner mehr. Die Katzen erwachen und zeigen sich. Man hört Wörter und klapperndes Besteck. Man hört sogar Handgriffe. Arme kommen heraus, um die Wäsche reinzuholen, Wasser fließt. Mir ist, als wäre ich in Italien, in Spanien, aber weil ich noch nie dort war, habe ich wohl nur den Eindruck, woanders zu sein.

Für einen Moment bleibe ich so stehen, dämmerungsblöde, den Bauch gegen das Geländer gepresst, und bemerke, dass es schon fast dunkel ist. Die Geräusche der anderen sind erloschen. Die Schattenkatzen machen aufeinander Jagd. Mopeds reißen, einsam und lächerlich, ein wenig die Stille auf, aber sie sind weit weg, am anderen Ende des Dorfes. Ich trödele noch ein bisschen auf dem Balkon herum, während ich meinen Tee umrühre, Schlehe-Schafgarbe-Schachtelhalm, dreimal Sch wie schlank, jetzt ist er nur noch lauwarm. Als die Lichter in den Fenstern deutlich werden, gehe ich wieder hinein, um Radio zu hören.

Ich putze mir die Zähne am Waschbecken und höre dabei die Neun-Uhr-Nachrichten, spüle mir den Mund aus und spucke ins übriggebliebene Geschirr. Ich wasche es morgen ab, nach dem Frühstück. Für heute Abend nur kurz Wasser darüber und gut ist.

Ich nehme das Radio mit ins Bett (vor dem Einschlafen stelle ich es aufs Regalbrett), drehe es ganz leise und lege mein Ohr drauf. Im Raum ist es dunkel und violett, ich ahne, wie die Nacht durch das kleine offene Fenster streicht. Träume vor mich hin, während ich von allem etwas höre. Ich wechsle häufig den Sender. Und döse dann bei laufendem Radio ein.

Als Titouan mich gegen zwei oder drei Uhr morgens ruft, fahre ich hoch. Er hat häufig Albträume (die Dunkelheit in unserem Zimmer ist so dicht). Eigentlich ruft er mich nicht wirklich. Er wacht nicht auf, sondern schreit nur, das ist alles. Ich schalte das Radio aus, stelle es aufs Regal. Beuge mich über sein Bett, und wenn er, ganz warm, verängstigt, weiter schreit, nehme ich ihn in die Arme. Und trage ihn in mein Bett.

Wenn Pierre da ist, versuche ich im Vorübergehen zu erkennen, ob die Schreie ihn geweckt haben, aber es ist immer schwer zu sagen, ob er schläft oder nicht.

Bibbernd liegt Titouan in meinem Bett, trotzdem lasse ich das Fenster offen, weil mir sonst immer morgens zu warm ist.

Meine Mutter hat zum Frühstück Croissants mitgebracht, und ein breites Lächeln. Ich halte Titouan auf dem Arm, der sein Fläschchen etwas dauern lassen will. Mit einem Mal ganz munter, hüpft er seiner Großmutter auf den Schoß. Ich stehe schnaufend auf, um Kaffee zu machen. Sie setzt sich hin und ihr Lächeln sinkt unter den Tisch. Wo ist denn Pierre, frage ich sie. Und sie, keine Sorge, die kleine Nachbarin ist sehr verantwortungsvoll. Ich krempele meine Ungeduld für zwei Sekunden hoch. Setze mich dann wieder an den Tisch und schicke Titouan zum Pipimachen.

Sie soll auspacken, sage ich zu meiner Mutter, wir wollen uns schließlich keine Märchen erzählen, wenn sie ohne Pierre gekommen ist, dann sicher nicht, weil sie einfach nur frische Luft schnappen will. Sie sagt, wir haben endlich einen Platz bekommen.

Titouan kommt halbnackt zurück, schmiegt sich an meine Mutter, sie zieht ihm die Hose hoch, wobei sie sorglich meinen Blick meidet (du könntest ihm wirklich mal die Haare schneiden, und Pierre auch, deine Bälger sehen aus wie Zigeunerpack). Titouan reißt sich von ihr los. Dreht den Wasserhahn über der Badewanne auf und beugt sich drüber, um sich die Hände zu waschen und die Zähne zu putzen. Endlich richtet meine Mutter den Blick auf mich. Ich hasse sie.

Schon vor längerer Zeit hat sie alle nötigen Schritte eingeleitet, um einen Platz im Heim zu bekommen, und nun ist einer frei, leer geworden durch einem Todesfall. Der Platz eines Toten. Pierre ist auch ein Toter, aber ein Toter, der nicht tot ist. Ich frage mich, was leben heißt, wenn man so ist wie er. Und weil mir das alles zu hoch ist, drücke ich manchmal sein Gesicht an meinen Hals und lege meins in sein Haar, aber er lässt es nicht oft zu. Sondern macht sich frei und mein Hals ist feucht, weil er immerzu sabbert.

Meine Mutter versucht, mir gut zuzureden, das Heim ist nicht so weit weg mit dem Zug, ich kann ihn dort besuchen. Begeistert rechnet sie alles durch, schiebt meinen Stundenplan hin und her.

Sie redet und redet, erklärt alles, ich habe ihre Worte satt. Titouan spuckt aus und stellt seine Zahnbürste, ohne sie abzuspülen, in den Becher zurück. Ich schimpfe mit ihm und greife nach der Zahnbürste, um ihm zu zeigen, wie man's richtig macht.

Nein nein nein, sagt er. Meine Mutter wiederholt, es sind nur zwei Stunden mit dem Zug, ich könnte ihr Titouan dalassen, damit ich mehr von meinen Besuchen habe.

Ich werde ihn dort nicht besuchen. Titouan ruft weiter nein nein nein. Nie im Leben. Nein, ich gehe nicht. Meine Mutter zieht Titouan an sich heran, nimmt ihn in den Arm, drückt ihn. Sagt zu mir nun sei doch nicht so kindisch. Ich bin nicht kindisch, sondern ich hab ein Kind, das ich aufziehe. Und nun willst du es mir entziehen, also lass mich in Ruhe (und ich verbiete dir, seine Haare anzufassen).

Meine Mutter ist losgegangen, um Titouan zur Kindertagesstätte zu bringen, denk darüber nach, ganz wie du willst, aber ich packe schon mal die Koffer, und vergiss nicht, Pierre vor Zwölf abzuholen.

Wenn ich arbeiten gehe, bringe ich Titouan in die Kindertagesstätte, aber auch an den Tagen, wo Pierre da ist, damit er sich nicht langweilt. Mit Pierre kann man nicht viel unternehmen. Er ist ein einsames Kind, ein leeres Kind. Er ist nicht lustig.

Heute arbeite ich nicht, ich bin dran, ihn zu nehmen, nachher hole ich ihn ab. Später, wenn das Geschirr abgewaschen ist (vor dem Gehen hat meine Mutter gesagt, also wirklich, und dabei auf die Spüle gezeigt), nachher, wenn ich ein bisschen aufgeräumt habe.

Ich werde die Tür schließen und die Treppe hinunter gehen, dabei hören, wie auf jedem Treppenabsatz die Stimmen der Leute lauter werden. Im kühlen Dunkel des ebenerdigen Gangs werde ich ein wenig trödeln. Nach diesem besonderen Ort, wo ein paar Jugendliche den Schatten für ihre kleinen, verbotenen Dinge gewählt haben (oh, tut mir leid, schon gut, Wiedersehen), nach den schmutzig-braunen Pflastersteinen wird mich das Licht der Straße blenden. Ich mag das Geblendetsein, vor allem, wenn es unerwartet ist. Betäubt gefangen trunken. Wenn ich sage, dass ich nie trinke, nie getrunken habe, glaubt mir keiner. Nicht dass meine Freunde es nicht versucht hätten, nur brauche ich nicht zu trinken, um dicht zu sein (sie leeren die Flasche und ich lache dämlich). Ich werde etwas Zeit aus meiner Einsamkeit, aus meinem Morgen schlagen und das ganze Dorf durchqueren. Dann nehme ich die Treppe zwischen den engen Gassen, aber nicht um abzukürzen, sondern aus Freude daran, durch die Straßen zu schlendern, ohne dass mich der Kinderwagen behindert, unterschiedlich hohe Stufen hinunter, hinauf, hinunter zu gehen und den Hundehaufen der Promenadenmischungen auszuweichen, dem Leben der anderen an den offenen Türen zu lauschen (der Form halber und der Sonne wegen, der Fliegen wegen zieht man hier die Vorhänge zu; die Kinder und Katzen heben sie ständig hoch). Es ist die Stunde, in der die Alten ihre Stühle auf die Straße stellen. Ich werde sie grüßen. Mich ein wenig verlaufen, und, den Rundgang meidend, um keinem Touristen zu begegnen, das ganze Viertel hinuntergehen. Wenn ich allein bin, bleibe ich häufig am ersten Wall stehen, um erst einmal ins Ferne zu blicken, den Weinberg und die Pinien zu betrachten, dann die Sträucher am Fuß des Hügels (ich werde mich vorbeugen, um mit den Gerüchen und meinen kleinen Ängsten zu spielen).

Ich werde den kleinen Hang hinaufsteigen bis zum Platz und die linke Treppe hinuntergehen. In der Mitte ist ein warmes Doppel-Geländer (es dient den Kindern als brennend heiße Rutsche). Einige Stufen vor dem Treppenende biege ich in den Portalvorbau, ein noch dunklerer Gang als der meines Hauses. Danach das Licht, das mich zwei drei Schritte lang blendet. Noch eine treppenförmige Straße und dann die Öffnung im zweiten Wall. Dort stehe ich genau unter der eisernen Fußgängerbrücke, aber ich springe immer über den Bach, so lächerlich ist er.

Ich gehe die Landstraße weiter, ungefähr fünfhundert Meter, schon Mittag, immer entlang der Siedlung.

Mit dem Schlüssel, den ich behalten habe, werde ich das Tor der Gendarmerie aufschließen. Das Büro meidend, weil ich keine Lust habe, meinen Vater zu sehen, werde ich über den Hof zu den Dienstwohnungen gehen.

Ich werde den Kinderwagen aus dem Fahrradverschlag holen, ihn gleich neben die Treppe stellen.

Meine Mutter sagt wurde auch Zeit. Ich antworte nicht.

Ich werde mich über Pierre beugen und ihn vom Teppich hochheben, ein Taschentuch herausholen, die staubige Spucke von seinen Wangen seinen Lippen wischen (meine Mutter meckert über das schmutzige Spülbecken, aber sie könnte mal den Teppich saugen, bevor sie Pierre drauf legt). Ich werde ihm die Haare aus den blicklosen Augen streichen und sie im Nacken zusammenbinden.

Als ich ein Haargummi aus der Tasche hole, zuckt meine Mutter mit den Achseln, warum nicht gleich ein paar Spangen.

Sie wird mir die Tür aufhalten, uns einen Kuss geben, und ich werde Pierre zum Kinderwagen tragen (nur wenige Stufen, wenige Meter, mit vollen Armen). Ich werde ihn gut fest schnallen müssen. Dann werden wir den Rückweg antreten und ich werde noch langsamer gehen.

Die Tür des alten Wohnhauses schiebe ich mit der Hüfte auf und keile sie mit dem linken Fuß fest. Den Kinderwagen ziehe ich bis an die Treppe. Um Pierre loszuschnallen, löse ich die Tragriemen, binde sie mir um, verkreuze sie auf der Brust und hocke mich vor die erste Stufe. Ich lege die Hände auf den Rücken und ziehe Pierre sanft an mich heran, wobei ich die Riemen herunter gleiten lasse, damit ich ihn Huckepack nehmen kann. Um Bauch und Oberschenkel trägt er einen Höhlensitzgurt (wir lassen ihn Tag und Nacht dran, außer zum Baden). So brauche ich die Riemen nur noch mit einem Karabinerhaken am Gurt zu befestigen und festzuzurren. Meistens lässt Pierre es geschehen. Wenn er jedoch quengelig ist, ist das ein ziemliches Theater.

Mit seinem großen Körper auf dem Rücken, der durch die Gurte und meine verschränkten Hände gehalten wird, steige ich die fünf Stockwerke hinauf. Die Tür zu meiner Wohnung ist nicht verschlossen. Ein Stoß mit dem Knie, sie öffnet sich. Ich lege Pierre in sein Bett (wobei ich seine Beine anwinkle, damit er besser hineinpasst), solange ich den Kinderwagen von unten heraufhole.

Ich stelle den Kinderwagen hinter die Toilette auf den kleinen Balkon. Danach nehme ich Pierre aus dem Bett, um ihm endlich hallo zu sagen, hab keine Angst, Mama ist da. Ich hebe seinen Kopf, seinen Oberkörper an, strecke seinen Körper aus, packe ihn am Sitzgurt und trage ihn in die Küche, manchmal, wenn das Wetter schön ist, sogar auf den Balkon. Dann halte ich ihn warm zitternd an mich geschmiegt, aber nicht sehr lange, weil ich nicht recht weiß, was ich mit ihm anfangen soll.

Der Tag ist lang.

Pierre ist nicht anstrengend. Er verbringt seine und meine Zeit mit Nichtstun, mit offenen oder geschlossenen Augen. Es fällt mir schwer zu sagen, ob er schläft. Ich lasse ihn fast die ganze Zeit über im Bett, so kann ihm nichts passieren, wenn er sich bewegt. Ich könnte mich beschäftigen, aber ich weiß nicht, was ich tun soll. Mir ist langweilig. Und ohne ihn hinauszugehen, verbiete ich mir.

An manchen Tagen nutze ich die Gelegenheit, um Staub zu saugen. Mit Titouan geht das nicht, er folgt mir wie ein kleiner Hund, verfängt sich im Stromkabel. Pierre hört nichts, ich kann mit einer Möbelpolitur auf den Sprossen seines Betts Staub wischen, ohne dass er es überhaupt merkt (na jedenfalls, ohne dass er sich bewegt).

Ich habe vor zwei Tagen geputzt und mir damit die Zeit vertrieben. Heute weiß ich nicht, wie ich mich beschäftigen soll. Ich denke an das, was meine Mutter mir gesagt hat, oder doch nicht. Es gelingt mir nicht zu denken, nicht einmal zu träumen, ich stecke in einer Langeweile Stille Müdigkeit, die mich völlig beansprucht. Ich bleibe auf dem Bett liegen, sehe Pierre und weiß nicht mehr, wie ich mich um ihn kümmern soll. Ich setze mich auf, lege mich hin, schlafe ein wenig, stehe auf, um in die Küche, auf den Balkon zu gehen, höre Radio.

Pierre wimmert so laut, dass ich die Musik nicht mehr höre. Ich stelle das Radio auf den Küchentisch. Nehme eine Serviette und gehe ins Schlafzimmer.

Pierre hat sich auf den Bauch gedreht. Ich komme näher, drehe ihn wieder auf den Rücken, aber es gelingt mir nicht, ihm die Serviette in den Mund zu stopfen. Er schlägt um sich und stößt sich dabei an den Sprossen. Ich hebe ihn hoch und versuche ihn an mich zu drücken. Er beruhigt sich nicht. Auf seinem heftig verzerrten Gesicht sehe ich wachsendes Entsetzen. Seine Lippen sind geöffnet, weit auseinander gezogen vom Jammern. Ich trage ihn in mein Bett, lege mich dazu, dicht neben ihn. Ich würde ihn gern beruhigen. Mit den Händen auf seinem Bauch warte ich, bis die Anspannung nachlässt. Ich bin voll Angst und Schmerz, wenn er Angst hat. Er hält sich an meinem Bauch fest. Windet sich und das stößt meine Hände weg. Ich versuche, mit ihm zu sprechen, es ihm zu erklären, vielleicht hat Oma ja Recht, dort wird es dir besser gehen, hör mich an.

Jetzt ist sein ganzer Körper in Erregung, sein Wimmern hat nicht aufgehört, es ist irgendwie noch schriller geworden und das schwere Stöhnen hat sich durch die vielen spitzen Laute fast in Geschrei verwandelt. Ich lege Kissen um ihn herum und gehe in die Küche.

Ich nehme mir wieder das Radio, stelle einen anderen Sender ein, mit Unterhaltungsmusik, ganz laut.

Trotzdem höre ich seine Schreie, so anhaltend und gellend, dass sie in meinen Kopf dringen, so dicht, dass sie zu meinen werden.

Ich schalte das Radio aus, gehe auf den Balkon und singe mir zur Beruhigung ein Lied, ganz für mich allein.

Schon als ich mit Titouan schwanger war, sang ich leise vor mich hin. Bei meinen Eltern schlief ich in meinem Mädchenbett, gleich neben Pierre. Ich legte mich auf die linke Seite, mit einer Hand auf dem

Bauch, um zu wissen, wo meine Handfläche warm war. Ich sang ganz für mich allein, und auch für Titouan unter meinen Fingern. Ich sang, um Pierre nicht jammern zu hören. Und Pierre hörte auf. Ein Schatten schien auf seine nackten Augen zu fallen. Ich sah ihm zu, wie er verstummte. Er war besonders und eingeschlummert. Zumindest denke ich, dass er schlief. Ich fing an, mich an ihn zu gewöhnen. Heute ist meine Müdigkeit größer. Ich habe es satt, für mich allein zu singen. Nie habe ich Pierres Stimme anders als dumpf oder grell gehört, bohrend wie Kopfschmerz, wie Bauchweh. Ich frage mich, welche Stimme er wohl hätte, wenn er zum Beispiel singen, Worte sprechen würde, oder einfach nur Doppelsilben, wie Titouan, als er fünf sechs Monate alt war. Diese Stimme, die ich nicht kenne, fehlt mir.

Ich erinnere mich noch an einen Kummer meiner Nachbarin. Als ich hinausging, sah ich sie ohne Buch im Treppenhaus der Gendarmerie sitzen (nachdenklich, leicht traurig, zwischen ihrem Treppenabsatz und meinem). Ich setzte mich neben sie, holte eine Zigarette raus, nein danke, sagte sie. Sie hatte die Hände auf die Ohren gelegt, du weißt, ich lese Geschichten, sagte sie, sie sprechen zu mir, aber ich höre nicht die Stimmen jener, die schreiben. Einige sind vor langer Zeit gestorben, man wird nie erfahren, welche Stimme sie hatten.

Während ich den Rauch ausblies, riet ich ihr, fern zu sehen oder Radio zu hören, nach Lourdes zu gehen, Stimmen willst du, ich find welche für dich.

Ich höre kein Geräusch mehr. Sehe im Schlafzimmer nach, Pierre rührt sich nicht mehr, die Kissen liegen fast alle auf dem Boden, sein Kopf ist zur Tür gewandt, von wo aus ich ihn betrachte, seine Augen sind geöffnet, sieht er eigentlich, wie müde ich bin.

Am späten Nachmittag hole ich Titouan von der Kindertagesstätte ab. Nun fängt das Theater mit dem Kinderwagen von vorn an, die Treppen und all das, aber wenigstens kommt Pierre noch einmal an die frische Luft. Ich weiß nicht genau warum, aber ich sage mir, es tut ihm gut, jeden Tag hinauszugehen, ja sogar zweimal pro Tag, wie die Babys (sonst sind sie unruhig).

Beim Verlassen der Kindertagesstätte bitte ich Titouan, sich am Kinderwagen fest zu halten, weil die Hauptstraße gefährlich ist. Er wird bockig und versucht hineinzuklettern. Hält sich an der Metallstange fest und rüttelt so lange daran, bis Pierre schreit. Ich packe ihn heftig am Arm und schiebe Pierre mit der freien Hand.

Im Hauseingang wird Titouan wieder bockig. Er weigert sich hochzugehen, selbst auf allen vieren, er will getragen werden. Ich lasse ihn weinen und lade mir Pierre auf. Im ersten Stockwerk höre ich, wie Titouan uns folgt. Er überholt uns auf allen vieren, aber es bringt ihn nicht zum Lachen, wie sonst. Als er vor uns im fünften Stock ankommt, sehe ich, wie er wütend am Türknauf rüttelt, indem er seinen kleinen Körper auf die Zehenspitzen stellt. Ich versuche aufzumachen, ohne Pierre fallen zu lassen, aber Titouan lenkt mich ab. Lass das, sag ich ihm, doch er hört nicht auf, und als sich die Tür öffnet, tritt er, so fest er kann, dagegen und läuft schmollend in sein Zimmer.

Er wird bis zur Badezeit schmollen.

Wenn ich alle beide da habe, sehne ich mich nach dem Abend, sehne ich mich nach dem Alleinsein, um endlich denken zu können. Nichts weiter, bloß denken. Heute Abend mehr denn je.

Aber da ist noch das Bad, Titouan zuerst, dann Pierre.

Nach dem Bad lege ich Pierre ganz zusammengewinkelt ins Bett, Titouan umklammert eine Sprosse mit der kleinen Hand, er spricht mit ihm, mit sich und sieht ihn dabei an, sag, sag, wiederholt er, du kannst es, während ich die Badeutensilien vom Tisch räume.

Ich muss noch mit dem trockenen Wischmop um den Tisch gehen und die drei Mahlzeiten vorbereiten. Für Titouan das Gleiche wie für mich, aber in kleine Stücke geschnitten, für Pierre das Gleiche, aber püriert (wenn ich zu träge bin, kaue ich Pierres Essen selbst, schlucke meins runter und spucke seins in die Hand, bevor ich es ihm in den Mund stecke, so essen wir gemeinsam).

Zuerst füttere ich Titouan, weil er der kleinste ist. Er hat einen gesunden Appetit, er mag alles, öffnet den Mund, noch bevor der Löffel voll ist. Zum Nachtisch einen Joghurt oder zwei *Petits Suisses*, ein bisschen Schmusen auf dem Balkon, dann Zähne, Pipi und ab ins Bett.

Ich lege ihn hin, decke ihn zu und setze mich neben ihn auf den Boden, zwischen die beiden Kinderbetten. Gegen den Nachttisch gelehnt, erzähle ich ihm eine Geschichte (jeden Abend erfinde ich eine andere, lasse mich von meinen eigenen Träumen davontragen, die ich aus den üblichen Märchen spinne). Ich erlüge eine Anwesenheit, eine Prinzessin, ein Gespenst, je nachdem. Ich spreche lauter, wobei ich ein klein wenig hoffe, dass Pierre es hört, wenn auch wie von ferne, wenn er auch taub ist. Von meinem Atem getragen (so nahe geflüstert), sage ich mir, erreichen die Worte meiner Geschichte vielleicht doch diese runzelige Wange hinter den Sprossen und die starren Augenlider darüber, die unruhigen Schläfen. Seine Ohren sind rot und verbogen, weil er sich oft den Kopf in einer Ecke des Bettes einklemmt. Er reibt sein Gesicht am Holz. Seine ganze Haut ist verknautscht, geschunden. Der Hauch meiner Sätze streicht darüber, hinterlässt vielleicht so etwas wie Geschmeidigkeit. Ich knipse die Lampe aus, Titouan dreht sich um, ich hebe Pierre vorsichtig am Sitzgurt heraus und nehme ihn in die Arme, wobei ich ihm die Haare zur Seite streiche, sein zerknautschtes Gesicht glätte. Selbst wenn er murrt oder schreit, wird Titouan nicht aufwachen.

Damit Pierre auf seinem Stuhl aufrecht sitzen kann, lasse ich immer einen Riemen zwischen den Stäben, den ich an den Gurt schnalle (ich darf nicht vergessen, den Stuhl zwischen Wand und Tisch zu klemmen, Pierre weigert sich nämlich zu essen, er krümmt sich in alle Richtungen, und seine Kraft übersteigt mich). Ich setze ihn ohne Probleme auf den Stuhl und binde ihn genauso leicht fest, er weiß noch nicht, dass er essen soll. Auch seine Arme schnalle ich fest, damit er sich nicht wehren kann, sobald er begriffen hat. Ich knote ihm ein großes Tuch um den Hals, klemme den Stuhl fest und versuche, ihm den Löffel in den Mund zu schieben, reiß dich zusammen, das ist Mamas Abendessen. Wenn er den Mund zu fest zusammenpresst, öffne ich ihn mit einer Hand und mit der anderen tue ich das Püree hinein (meist lasse ich den Löffel weg, die Finger sind praktischer).

Es gelingt mir, ihm etwas in den Mund zu schieben, aber die Hälfte spuckt er wieder aus. Ich halte das Tuch mit den Ellbogen, damit es nicht verrutscht und der Trainingsanzug sauber bleibt (Pierre trägt Tag und Nacht einen Trainingsanzug, das ist leichter zum an- und aus- und an- und ausziehen, aber oft ist der Trainingsanzug völlig verdreht).

Wenn ich denke, dass er genug hat, nehme ich eine Wasserpistole (früher habe ich ihm mit einer großen Spritze zu trinken gegeben, aber eines Tages hat Titouan die Pistole in den Mund seines Bruders gesteckt und Peng! Trink! gerufen, inzwischen ist es wie ein Spiel, wir töten Pierre zum Spaß, er trinkt und Titouan lacht).

Mit der Pistole feuchte ich das Tuch an, um Pierre das Gesicht zu säubern. Danach nehme ich es ihm wieder ab, räume das Geschirr weg, damit ich ein Handtuch auf den Tisch breiten kann, löse Pierres Gurte und lege ihn hin, um ihn ein letztes Mal zu wickeln, bevor ich ihn ins Bett bringe.

Oft wache ich mitten in der Nacht auf, selbst wenn Titouan mich nicht ruft. Beim Aufstehen sehe ich manchmal den prallen Vollmond, er ist es auch, der mich weckt. Schwer drückt er auf meine Lider, ich öffne die Augen. Denke an Pierre.

Dann sehe ich nach, ob es ihm gut geht, und wenn er bei meiner Mutter ist, gehe ich in die Küche.

Ich setze mich an den Tisch, betrachte den Perlenvorhang, der sich sanft in der Nachtluft bewegt.

Manchmal habe ich den Eindruck, Pierre liegt gern darunter. Ich lege ihn auf den Fliesenboden, und wenn sich dann die Farben der Perlen in der Sonne ausdehnen und über seine untätigen Augen streichen, verzieht er das Gesicht zu einer Grimasse, die einem Lächeln gleicht.

Wenn er sie nicht sieht, warum dann diese Grimasse und diese winzigen Reizungen der Pupillen, die bei der Berührung des Perlenscheins ein Stück zurückweichen.

Der Mond bleicht den Vorhang, ohne ihm Farbe zu geben.

Den Vollmond ertrage ich nicht. Ich fühle mich unwohl dabei. Ungelenk. Ich betrachte ihn. Er rührt sich nicht. Selbst wenn die Leute schweigen, fühle ich mich schuldig. Nichts sagen heißt immer, von Pierre reden. Pierre ist ein Stück vom Mond. Ich habe niemandem je etwas gesagt. Niemand hat je etwas zu mir gesagt.

Ich denke mir schon, dass man über Pierre redet, aber hinter seinem Rücken, hinter meinem.

Als ich schwanger war, habe ich es nicht gesagt, nicht einmal meinen Eltern, meinem Freund. Wenn er mir zu viele Fragen stellte, ging ich zu meinen Eltern, und wenn sie mir auf die Nerven fielen, ging ich zu ihm. Pierre nahm zu, ohne dass ich sonderlich zunahm. Am Ende kaufte ich mir ein Stück Stoff (Baumwolle, das tut weniger weh) und band es mir um den Bauch, um weiter Jeans tragen zu können. Die oberen Knöpfe ließ ich offen, ich zog weite T-Shirts und schlabberige Pullover an. Zu Beginn des Schuljahres lebte ich mehr oder weniger bei meinem Freund in der Stadt. Das war praktisch, um zum Unterricht oder zum Praktikum zu gehen, ich brauchte nicht den Bus zu nehmen (meine Mutter machte das verrückt, aber ich ließ ihr keine Wahl). Mein Freund dachte nur an sich, und das war mir ganz recht. Ich ließ mich nicht mehr von ihm berühren, legte mich ganz an den Rand der Matratze, kam erst spät nach Haus, um lange nach ihm ins Bett gehen zu können. Er schlief, und ich legte mich dazu, ohne einen Mucks, ja fast ohne eine Bewegung. Gähnend ging ich ins Collège. Ich hatte keine Freundin. Das Herumstehen während des Praktikums und das Fegen der Haare im Staub war anstrengend, noch schlimmer der Unterricht (die Lehrer warfen mir vor, zu oft um die Häuser zu ziehen). Das einzige, was mir Spaß machte, war, am Abend vor den Praktikumstagen meine Friseurtasche zu packen, aber wir benutzten sie fast nie. Ich fühlte mich nutzlos, schläfrig. Wenn ich meine Eltern besuchte, behielt ich den Mantel an. Am Herbstanfang war es draußen noch warm. Der Baumwollstoff sog sich voll mit Schweiß, ich spürte allmählich ein Ziehen. Abends band ich ihn ab, wusch ihn und hängte ihn heimlich auf. Ich schlief mit freiem Bauch. Morgens stand ich früh auf, um mir das Stück Stoff wieder umzuwickeln, bevor mein Freund aufwachte (sowieso, ich war schon im Collège, während er noch schlief). Ich habe keinen Arzt aufgesucht, mit niemandem gesprochen.

Zu spät habe ich es bemerkt, zu spät um darüber sprechen zu können.

Es war am Strand, daran erinnere ich mich noch, an einem Nachmittag im Juni, wenn man noch den ganzen Sand die ganzen Dünen das ganze Wasser für sich hat. Ich konnte mich nicht dazu durchringen, mich ausziehen und in den Badeanzug zu schlüpfen, und gab vor, es sei nicht warm genug, seit zwei drei Tagen hatte ich Bauchschmerzen, ich dachte, ich bekomme meine Regel. Als Teenager hatte ich eine völlig anarchische Regel, was mir ganz gut in den Kram passte, je später sie kam, desto besser. Widerstrebend am Strand taten mir die Brüste weh. Mein Freund neckte mich, na los, komm schon schwimmen. Lass mich in Ruhe, sagte ich. Ich wartete auf meine Regel, und morgens hatte ich für alle Fälle eine Slipeinlage genommen. Die untergehende Sonne zog an meinen Oberschenkeln, meinen Armen. Ich trug einen Rock und steckte, die Unterhose zur Seite schiebend, unauffällig meine Finger zwischen die Lippen, um nachzusehen, hob sie an die Nase, aber nichts. Also blieb ich, in die Düne gekauert, sitzen, rauchte, ließ es dann doch bleiben, von der Zigarette wurde mir übel, und als ich mich vorbeugte, um sie auszudrücken, spürte ich es. Ich spürte, wie ein kleiner Luftmond durch meinen Bauch wanderte, sich um und um drehte, mit der Hand fuhr ich über die Stelle, wo es sich regte. Ich begriff, ohne genau zu begreifen.

Noch tiefer duckte ich mich in die sandige Wölbung, bis ich das Nebelbild der anderen weit hinter den ersten Wellen nicht mehr sah, bis ich nur noch ein fernes Gemurmel hörte. Ich fühlte mich allein und auf einmal fiel mir das Rohr unter der Fahrbahn ein, gleich hinter der Gendarmerie.

Der Bach unterhalb des Dorfes bildet die Grenze zum historischen Kern, bevor er zwischen den Weinreben und den Siedlungen verschwindet. Er scheint das ganze Viertel zu umschließen, dabei ist es nicht einmal ein Bach, nicht einmal ein Wasserlauf. Er ist ein stockendes Band, eine Schnur, ein aufgeribbelter Wollfaden, der in einem kleinen Sammler durch einen breiten betonierten Kanal gelenkt wird. Die Teenager halten den Kanal für einen Skaterpark, vollführen ihre Figuren, und die pathetisch bibbernde Schnur wird zur Stelle, an der man springen muss. Die Kleinen fahren mit dem Rad auf dem Beton spazieren, bis ans Wasser, um Reisig-Schiffchen auszusetzen, mit denen sie ein von vornherein gewonnenes Wettrennen veranstalten. An einigen Stellen ist der Sammler zubetoniert, und das Wasser zwängt sich artig hinein. Die Fahrräder fahren auf die andere Seite und fordern das weiter vorn auftauchende Schiffchen mit einem Tritt in die Pedale heraus. Sie wissen, dieses lächerliche Rinnsal wird sich im Herbst im Winter Genugtuung verschaffen, dann tritt das übergeschnappte Wasser aus dem Sammler und füllt den ganzen Kanal, türmt sich auf bis zu den Straßen, den Häusern, den Fenstern im Erdgeschoss. Die Spuren der Überschwemmungen sind auf den Mauern des Außenwalls vermerkt. Im Sommer hingegen trocknet der Bach auf mehreren Dutzenden von Metern aus und lässt die schmaleren Rohre, die an den Straßenüberführungen den Kanal ersetzen, vollkommen leer. Hinter der Gendarmerie ist eins, in dem ich oft Schatten und Einsamkeit suchte.

Ich schlüpfte hinein und verrenkte mir den Rücken, um mich in die Wölbung setzen zu können. Wegen der Autos hielt ich mir die Ohren zu. Ich fühlte mich in Sicherheit, einsam und zusammengepfercht, erfüllt von den Schwingungen, die sich übertrugen. Abseits und mitten drin. Ich entfloh meinen Eltern, ohne mich zu sehr von der Gendarmeriebrigade zu entfernen. Hier war es schattig und heiß, ich bekam keine Luft und konnte endlich durchatmen.

In der Hand hielt ich eine Strähne, ganz fest. Es waren meine eigenen abgeschnitten Haare, eine Laune beim Friseur, zu dem mich meine Mutter jedes Jahr gegen meinen Willen schleppte. Eines Tages im Sommer hatte sie erklärt, dieses Jahr werden nicht nur die Spitzen geschnitten, es kommt alles ab, bei der

Hitze wirst du dich wohler fühlen. Ich weinte und weinte so sehr, dass der Friseur mir eine Strähne gab, pechschwarz, zusammengehalten von einem glatten blauen Band, das sich ganz weich anfühlte. Die Strähne diente mir als später Fetisch (ich wusch, kämmte, flocht sie, und abends räumte ich sie in die Schublade meines Nachttischs). In meinem Versteck unter der Straße hielt ich die Strähne so fest, dass die Haare in meiner feuchten Hand allmählich Schaden nahmen (das Band war schon nicht mehr ganz blau), und am Ende tat es mir weh. Ich wartete, bis es dunkel wurde, ehe ich wieder hinaus kroch. Ganz schmutzig kehrte ich zu meinen Eltern zurück, mit taubem Körper, schmerzender Hand, heißen Wangen und verklebtem Haar. Mein Vater renkte mich mit einer Ohrfeige wieder ein, und meine Mutter schubste mich ins Badezimmer, während sie laut fragte, wo ich mich bei dieser Gluthitze herumgetrieben hatte. Weder meine Hand noch meine Lippen konnten sie öffnen. Niemand hat je etwas über mein Versteck erfahren.

Ich setzte mich wieder hin, um das Meer zu sehen. Es war Abend, und ich konnte die anderen nicht mehr hören, dabei machten sie jede Menge Lärm. Ich sah ihre ungehinderten Bewegungen am Ufer. Blickte in die Ferne zu meinem Freund, der weit draußen schwamm. Während ich versuchte, seinem

Körper auf den Wellen, seinen Schultern, seinem Kopf zu folgen, der sich durchs Meer schob wie eine Nadel durch einen dicken Stoff, sah ich den Mond riesengroß vor mir aufgehen. Sein Schein fiel auf meine Haare. Dann auf meine Augen. Er war voll Fragen. Ich beschloss abzuwarten.

Ich werde aus meinem Bauch einen geheimen Winkel machen, der ebenso wenig sichtbar ist wie das Wasserrohr unter der Fahrbahn. Zubetoniert.

Um meine Eltern zu besuchen, muss man in die Gendarmeriebrigade gehen und antiquierte, lustige, lästige Gewohnheiten annehmen. Höflichkeit, Pünktlichkeit, Schlüssel am Tor, vor allem guten Eindruck hinterlassen. An Tagen, wo der Leiter zu Besuch kommt, nicht die Treppe schmutzig machen. Nicht zuviel Lärm.

Ich war still, als ich schwanger war. Höflich, nicht immer sehr pünktlich, sauber. Mein langhaariger und überall tätowierter Freund durfte mich nicht begleiten. Manchmal wartete er vor dem Tor auf mich, in seinem Kleintransporter, der mit Graffitis übersät war und, nur durch einen Zaun getrennt, neben dem blauen Staffelwagen parkte (die Autos der Gendarmen sind keine Staffelwagen mehr, aber in meiner Kindheit waren es welche, daher nennen wir sie Staffelwagen, für uns Gendarmentöchter heißt das: die Autos unserer Väter).

Als die Wehen einsetzten, wurde der Schmerz sofort stärker als das Schweigen. Ich war bei meinem Freund und wusste, dass heute der Tag war, anstatt zum Unterricht zu gehen, hatte ich ausgeschlafen. Mein Freund sollte weggehen, ich wollte allein klarkommen. Hast du gar nichts zu erledigen, wiederholte ich, ist die Weinlese denn schon vorbei? Scheiße, du rührst nie einen Finger, du könntest ruhig mal ein bisschen arbeiten gehen. Ich biss die Zähne zusammen, drückte die Hände kräftig in den Rücken und dachte schnell nach, wie ich es anstellen würde, im Bett mit vielen Handtüchern, auf dem Boden, auf der Toilette vielleicht, um besser pressen zu können, und danach, was muss man dann machen, das Baby bringe ich irgendwohin, ins Krankenhaus, damit sich jemand darum kümmert, aber wie soll ich ins Krankenhaus kommen und es dort lassen, ohne gesehen zu werden, außerdem brauche ich eine Entschuldigung fürs Collège.

Mein Freund sah sich irgendwas im Fernsehen an, ich sagte zu ihm, schieb mal deinen Hintern beiseite, er drehte sich um und beschimpfte mich als fette Kuh, da sagte ich zu ihm na endlich du hast es bemerkt wurde auch Zeit, wobei ich das Gesicht verzog und mich krümmte, verdammt, was ist mit dir, fragte er, also erzählte ich ihm alles und flehte ihn an, mich nicht ins Krankenhaus zu bringen (sonst würden sie meine Eltern anrufen ganz sicher). Danach würden wir hingehen, danach, um das Baby dort zu lassen.

Stundenlang blieben wir so sitzen, ohne zu wissen, was wir tun sollten. Mein Freund fragte ständig, wie ich mich bloß in eine solche Scheißsituation hineinmanövrieren konnte (wobei er zur Beruhigung ein Bier nach dem andern trank). Als die Nachrichten kamen, haute er sich wieder mit Kopfhörern vor den Fernseher. Ich begann ihn genauso rasch zu hassen, wie der Schmerz zunahm. Je mehr es wehtat, desto weniger ertrug ich, ihn so hingeflätzt zu sehen. Als der Schmerz unhaltbar wurde, setzte auch die Angst ein, mit aller Macht. Eine Angst vor ich weiß nicht was. Was das Krankenhaus betraf, änderte ich jedenfalls meine Meinung. Ich rüttelte meinen Freund am Arm, der schlaff herabhing (er war leicht betrunken und bei den Nachrichten eingeschlafen).

Als ich aus dem Kleintransporter stieg, wünschte mein Freund mir nicht einmal Mut, sondern wiederholte bloß, wie kann man nur so blöd sein, echt, wie kann man nur so behämmert sein, und ich knallte auf dem Höhepunkt einer Wehe die Tür zu und schwor mir, ihn nie wieder zu sehen.

Es tat mir nicht mehr in derselben Weise weh, ich gewöhnte mich an den chaotischen Rhythmus der Wehen. Akzeptierte ihre Heftigkeit. Ich hatte beinahe keine Angst mehr. Als ich vom Parkplatz zum Eingang der Notaufnahme lief, war ich entschlossen, fast glücklich. Wenige Meter, aber meine Schritte waren schwer, und ich blieb häufig stehen, um auszuatmen, nachzudenken, Tränen und Schreie zurückzuhalten, nein jetzt tut es zu sehr weh, ich lehnte mich gegen einen Baum. Konnte mich nicht mehr rühren. Die trockene und oktoberkalte Rinde war mein Schmerz, der mich stellenweise befiel, vom Kreuz bis zum Bauch. Er durchzuckte mich, umkreiste mich sozusagen. Einen Moment lang blieb ich gegen den Baum gelehnt hocken, genau gegenüber der Notaufnahme, dann half mir jemand hoch.

Mehrere Leute umringten mich. Stellten mir Fragen. Ich streckte meinen Arm für die Infusion aus, hob den Hintern, damit die Gurte durchgeschoben werden konnten, daran waren Sonden befestigt, von denen ich nicht wusste, wozu sie gut waren. Mein Bauch wurde festgeschnallt, meine Beine blieben allein, ich war voll Argwohn. Es tat so weh.

Schließlich antwortete ich, ja ich war minderjährig, bald fünfzehn, nein, nicht wirklich, keine medizinische Betreuung, Gesundheitsprobleme, nein weiß nicht, glaub nicht, nein. Ihre Stimmen ähnelten sich. Erneut überkam mich Angst. Schon Stunden über Stunden diese Wehen, und eine so große

Erschöpfung, du bist erschöpft, Mädchen. Doch, ich halte das schon aus, nein, rufen Sie nicht meine Eltern an.

Am Ende appellierten sie an mein Gefühl, das Herz des Babys schlug immer langsamer. Als ich den Arm hob, schob eine Hebamme ihn zurück. Beruhige dich. Sieh mal. Sie zeigte mir die Linie auf der Maschine, es muss eine Entscheidung gefällt werden. Ich gab ihnen die Nummer meiner Eltern, während ich die Herztöne auf dem Monitor beobachtete. Ich war blöd vor Schmerz und bekam solche Angst. Sie riefen an, um die Erlaubnis für die Operation einzuholen. Meine Eltern mussten für einen Kaiserschnitt ihre Einwilligung geben.

Bis sie meine Eltern endlich erreicht hatten, mitten in der Nacht, einer Nacht, in der mein Vater ausnahmsweise mal keinen Dienst hatte (dass mitten in der Nacht das schwarze Telefon und nicht das graue klingelte, war ungewöhnlich). Bis sie begriffen (wie meinen Sie das, Ihnen die Erlaubnis für einen Kaiserschnitt erteilen), litt mein Baby bereits, mit jeder Sekunde fiel dem Herz das Pochen schwerer, das Herz bremste unter dem Druck meines betonierten Bauchs, mit jeder Sekunde mangelte es seinem Hirn ein wenig mehr an Sauerstoff, mit jeder Sekunde wurde es zu dem, was es ist, was es immer sein wird.

Titouans Geburt begann in der Gendarmerie, in der Garage des Staffelwagens, während ihrer dämlichen Neujahrsfeier. Ich hatte dort Zuflucht gesucht und saß eingezwängt zwischen zwei Gendarmentöchtern, dieses Mal ganz offensichtlich kugelrund. Ich stopfte mich mit bitteren Gambas voll. Meine Nachbarin langweilte sich ein bisschen, so ohne Buch, sie lächelte und betrachtete mich, wohl um sich die Zeit zu vertreiben. Sie muss dreizehn vierzehn Jahre alt gewesen sein. Genau vor der traditionellen Vorführung des Pornofilms unter Erwachsenen, Gendarmen und Gendarmenfrauen, he Kinder, Zeit fürs Bett, verlor ich das Fruchtwasser. Ich war endlich achtzehn. Wenn auch knapp.

Ich erinnere mich an den merkwürdigen Blick meiner Nachbarin, er war nicht mehr derselbe. Sie lächelte nicht mehr. Wie gebannt von diesem Zwischenfall, dem Abgang des Fruchtwassers, sah sie erst mich und dann den Zementboden an.

Der Blick meiner Nachbarin spukte mir lange Zeit im Kopf herum, er gab mir Kraft (was haben wir gemeinsam alles für Dummheiten gemacht). Er begleitet mich bis heute, wenn ich zu meinen Eltern gehe.

Meine Nachbarin wohnt noch immer in der Gendarmerie. Sie hat nie außer Haus übernachtet. Zum Lesen geht sie auf den Hof (sogar wenn es kalt ist). Ihre schwarzen Haare fallen ihr übers Gesicht, außer wenn sie sie zu einem schlampigen Knoten zusammensteckt. Wenn das Wetter schön ist und wir keinen Streit haben, gehen meine Mutter und ich mit Pierre nach draußen in die Sonne, für jene Minuten jene Stunden, in denen sie ihn nicht mehr hat und ich ihn noch nicht habe (wir trödeln beide, haben keine Lust, ihn der anderen zu nehmen, ihn der anderen zu lassen). An diesen sonnigen Tagen schaut uns die Nachbarin mit ihren großen blauen Augen von weitem an (ich weiß nicht, was sie sieht, aber sie schaut uns an). Augen, die nicht zu urteilen scheinen, Augen wie die von Pierre, groß, hell und unruhig, aber anstatt voll mit Leere zu sein, sind sie voll mit lauter Dingen. Der Blick meiner Nachbarin dringt bis zu uns durch. Heftet sich auf mich und Pierre, meine Mutter. Dann wieder auf mich, auf ihn.

Als wir klein waren, hat mein Vater uns einmal ertappt (wir hatten an der Bürotür gehorcht). An den

Haaren zerrte er uns zu den Zellen hinterm Gebäude und ließ uns dort, mit schmerzender Kopfhaut und gepeinigtem Gewissen. Wir hörten das Schloss, den leise schließenden Deckel vor dem Guckloch, Gelächter. Wir hielten uns bei der Hand. Mit der anderen umklammerte ich meinen Haar-Talisman. Licht fiel durch das kleine stahlvergitterte Fenster. Wir sahen uns zögern. Noch einen Atemzug, ein Schweigen und sie würde weinen. Ich wollte sie beeindrucken. Lief durch den leeren grauen Raum, der ungesund und traurig war, genau wie die andern. Er hallte stark. Ich schrie, um meine Stimme anschwellen zu hören. Immer lauter und lauter, und die betonierten Wände warfen den Schall zurück, es war aufregend. Mit dröhnendem Schädel, hochrotem Gesicht und einer Stinkwut holte mein Vater uns heraus.

Abends kamen unsere Väter nach Haus und legten die Waffen ab, einige zogen sich um, meiner nicht. In Uniform ging er ans graue Telefon im Flur, und ich musste die Tür schließen.

Die Tage ohne Schule waren lang.

Man durfte sich nicht den Fenstern des kleinen Verwaltungsgebäudes nähern, jenes, das wir das Büro nannten, und während der Öffnungszeiten musste man im Hof noch größeren Abstand halten, durfte von den Leuten, die Anzeige erstatteten, nicht gesehen werden und sie auch nicht sehen.

Mein Vater war häufig der diensthabende Gendarm. Dann nahm er sich das Telefon (das andere Telefon, das graue, nicht das schwarze) und stöpselte es im Flur ein. Damals gab es noch keine Einsatzzentrale, also hieß es zu Hause guten Tag *Gendarmerie nationale*. Das schwarze war für uns, z.B. Opa, Oma, Freunde, Familie. Das graue war das der Gendarmerie. Dieses Telefon konnte zu jeder erdenklichen Tageszeit klingeln, und wir hatten das strikte Verbot, es anzurühren. Es klingelte anders, wir konnten also nicht so tun, als hätten wir uns geirrt. Die Steckdose befand sich im Flur genau neben meinem Zimmer. Ich hörte, wie es klingelte und mein Vater schwerfällig aufstand. Ich sah, wie sein Schatten die Tür einen Spalt weit öffnete und prüfte, ob ich auch wirklich schlief. Dann schloss er die Tür wieder, und ich horchte, was er antwortete. Versuchte die Geschichte zu erraten. Leise wühlte ich in der Schublade meines Nachttisches, um meinen Haar-Fetisch zu finden. Wenn ich ihn an mich drückte, half er mir, mich zu konzentrieren und meine Angst im Zaum zu halten (ich spielte, mir Angst einzujagen, und es funktionierte). Ein Unfall, wie viele Fahrzeuge, Tote, Verletzte, wo, beruhigen Sie sich, Madame, sagen Sie mir, wo Sie sind, sehen Sie sich um, vielleicht steht irgendwo ein Schild. Nächtlicher Lärm, mit Sicherheit Jugendliche, oder Obdachlose, Säufer, glauben Sie, dass sie getrunken haben, ja, ah ja ein Einbruch. Eine eilige Täterbeschreibung, ein Kerl, der seine Frau geschlagen hat, glauben Sie, dass er sie prügelt, ich denke schon reicht aber nicht aus, Monsieur, ja, in Ordnung, Monsieur, ich höre Ihnen zu, beschreiben Sie mir die Person, aber sind Sie sicher, dass Sie sie schreien hören, glauben Sie wirklich, dass er sie bedroht. Mein Vater kontrollierte noch einmal, wie tief ich schlief, rief dann (wenn nötig) einen seiner Kollegen an und gab ihm die Hinweise, die mir fehlten. Im Geist prüfte ich dann nach, ob ich alles richtig hatte.

Ich machte viele Denkübungen in der Gendarmerie.

Im Frühling setzte ich mich auf den geteerten Hof, um die Ameisenstraßen zu betrachten, zählte die Zahl der Kolonnen, die Zahl der Ameisen pro Kolonne. Die Zahl der kleinen Zweige oder Krümel, die sie aufgesammelt hatten. Ich aß Brotkanten, um sie anzulocken. Von Zeit zu Zeit hob ich den Blick, um mich zu vergewissern, dass das Tor auch wirklich zu war. Der Sohn des Adjutanten riet mir, eine zu zerdrücken, eine was, na Ameise, dann kämen alle anderen zu ihrer Beerdigung. Ihm waren die Feuerwanzen lieber, die *Gendarmes*, die die Marienkäfer nachäffen. Während er sie auf kleinen Zweigen herum krabbeln ließ, zählte ich die Punkte auf ihrem roten Rücken und knetete dabei die Haare in meiner Tasche.

Ansonsten hing ich viel im Treppenhaus des Dienstgebäudes herum. Ich blieb auf den Zwischenabsätzen stehen. Beugte mich hinunter, um mein Gesicht gegen die Fensterscheiben zu heften, die auf Fußbodenhöhe zur Straße hinausgingen. Es waren eigentlich keine Fenster, sondern eher kleine verglaste Räume. Nein, kein Fensterglas, sondern so etwas wie Glasziegel, durchsichtige Blöcke, die Bildfragmente durch winzige Quadrate sickern ließen. Stundenlang betrachtete ich die Miniaturautos, die, von den Quadraten vervielfacht, die Straße hinauffuhren (die Hand in der Jackentasche, um nach meiner Strähne greifen zu können.) Meine Mutter war ein wenig beunruhigt wegen meiner Obsession. Manchmal zählte ich die Autos, manchmal nicht. Im Kopf notierte ich ihre Farbe, ja fast ihre Form. Eins so, das andere so. Ich tat das, ohne Spaß daran zu haben, ja es war mir sogar lästig wie eine tägliche Pflicht.

Die zahllosen Fensterfliesen, die zersprungenen verzerrten Bilder waren Splitter des Raums, in den mein Stundenplan stürzte. Angespannt knüpfte ich Erwartungen an meine geflochtene Strähne (die immer strohiger wurde). Ich vergeudete Stunden damit, meine gestohlenen Minuten, Tage, Sekunden wieder zu finden. Lieber vergeudete ich sie, als sie mir stehlen zu lassen. Meine Mutter wiederholte, du vergeudest deine Zeit mit diesem Unfug, willst du nicht lesen fernsehen mit der Nachbarin spazieren gehen spielen. Ich vergeudete gern meine Zeit, und ich fand gern welche. Besonders viel Zeit fand ich in der Gendarmerie, Stunden Tage, an denen ich mit den Augen das Tor der Brigade vermaß, mit dem Finger den Ameisen folgte, im Treppenhaus die Zahl der Autos durch ihre Farbe teilte.

Auf den Stufen waren Flecken, die sich nicht mehr von den Fliesen wischen ließen, graue, braune und wie viele schwarze.

Ich stand erst auf, wenn eine der Frauen der Brigade mich mit dem Besen wegschubste.

Die Frauen der Gendarmen helfen ihren Männern bei den wöchentlich anfallenden Aufgaben: Heckenschneiden, Treppenhaus putzen, den Staffelwagen waschen, die Pflege des Hofs, der Grünflächen, der Grauflächen. In der Gendarmerie gibt es keinen Amtsgehilfen, so putzen wir jedes Wochenende selbst, Dienst haben nennt sich das. Die Gendarmen kümmern sich um den Müll. Als kleines Mädchen sah ich darin wahre Größe. Eine sehr relative Größe, die mit dem Bügeleisen zusammenschrumpfte, das die Gendarmenfrauen täglich schwangen, sie hatten nämlich die Mission, nicht bei der Bügelfalte im Hemd zu versagen, schön in der Mitte des Rückens. Selbst nach jahrelanger Erfahrung verbrachte meine Mutter Stunden damit, die Falte immer von neuem zu bügeln.

Als Pierre auf die Welt kam, kümmerte sich meine Mutter deutlich häufiger um ihn, als ich es tat, es nahm ihre ganze Zeit als Gendarmenfrau in Anspruch.

Sich um Pierre kümmern war in den ersten Monaten nicht anders, als jedes beliebige Baby auf den Arm zu nehmen. Und meine Mutter war wie jede beliebige Großmutter, aufdringlich, kindisch, geschwätzig. Überall zeigte sie meinen kleinen Jungen herum, er war so schön. Von Geburt an blond. Der einzige Blondschopf der Familie. Und seine Haut war so hell, bleich, teilnahmslos. Durchscheinend an den Schläfen, man sah die Zeichnung blauer Äderchen (also war er am Leben). Meine Mutter ist eine Großmutter des Südens, von satter Zärtlichkeit. Sie widerte mich an. Mit ihren redseligen Händen strich sie über Pierres stummen Körper. Legte ihn in eine Wiege voller Rüschen, deckte ihn mit verlogenen Einfältigkeiten zu. Dabei wussten wir, dass etwas nicht stimmte, aber es war noch nicht so deutlich zu sehen. Anders als bei der Frau im Dorf, deren Tochter gerade Zwillinge von einem Schwarzen bekommen hatte, und beide, wissen Sie, alle beide schwarz wie der Vater, nicht kaffeebraun, sondern schwarz (weißt du, Mama, die Schwarzen sind bei der Geburt gar nicht so schwarz, ja klar, du kennst dich aus mit Bastarden).

Meine Mutter tratschte mit meinem Baby auf dem Arm. Meinem blicklosen Baby, das ich von weitem anblickte. Ich fand es lächerlich in dieser Wiege. Mein Baby, mein unter Spitzen begrabenes Stück Mond, Mama kannst du ihm nicht mal eine Sekunde

Luft zum Atmen lassen, musst du gerade sagen. Mein verpfuschtes Baby mit dem abwesenden Gesicht, ich fragte mich, wie meine Mutter ihm ein Leben vorlügen konnte, nur weil es hübsch und so blond war. Mein zubetoniertes Baby, das nicht einmal zuckte, wenn ich mit der Tür knallte und meine Eltern als dreckige alte Rassisten beschimpfte.

An dem Tag, als meine Mutter weit das Fenster aufriss, um zu rufen, dass mein Sohn einen Zahn bekam, war meine Nachbarin mit den anderen auf dem Hof. Bestimmt hat sie ihre großen blauen Augen nach oben gerichtet und dabei ein wenig gelächelt. Genau weiß ich es nicht, ich war nicht dabei, aber ich weiß, was meine Mutter in Umlauf gebracht hat, wie man so sagt (sie hat es mir später erzählt, als ich vorbeikam, um etwas Geld zu holen: Ich bin so glücklich, dass ich es einfach jedem erzählen musste, er bekommt einen Zahn, stell dir vor, er ist noch nicht mal vier Monate alt und bekommt schon einen Zahn).

Es war an einem sonnigen Tag, die Frauen waren (zwangsläufig) auf dem Hof mit ihren Rabauken. Meine Nachbarin, die, in ihr Buch vertieft, auf der Eingangstreppe saß, hob bei den Schreien meiner Mutter neugierig den Blick, da bin ich mir sicher (um meine Mutter zu sehen, musste sie das Buch zuschlagen, aufstehen und sich umdrehen).

Ich war bei dem Ereignis nicht dabei, weder bei seinem ersten Zahn, noch bei den darauf folgenden. Abends ging ich heim zu meinen Eltern, aber nicht immer. Oft zog ich mit meinen Kumpels umher (meine Eltern dachten, ich würde noch mein Praktikum absolvieren). Ich verbrachte gedankenlose, rachsüchtige Stunden, geduldige Tage mit Nichtstun. Ich wollte mich rächen. Doch wusste ich nicht genau wie noch an wem und warum. Ich schämte mich ein wenig für mein Baby. Vergaß es. Wenn ich duschen wollte, ging ich heim zu meinen Eltern, schlafen, mein Bett stand ganz dicht neben seinem, und trotzdem, nichts. Er reagierte nicht, und ich auch nicht. Er weinte nicht einmal. Ich auch nicht. Er war im Haus meiner Eltern, das war alles. An anderen Abenden war ich im Gegenteil stolz auf meinen Sohn. Er existierte, weil ich mich mit neuen Freunden unterhielt, von meinem Leben und von Pierre erzählte, es war, als sei mir etwas widerfahren, noch besser als eine Narbe.

Die Zeit zog sich hin, Monate und Monate. Ich tat, als ginge ich aufs Collège, zum Praktikum, dann aufs Gymnasium (für meine Eltern bereitete ich die Lehrabschlussprüfung für Friseure vor, aber ohne Lehrvertrag, von wegen). Meine Kumpels sagten, lass doch das dämliche Haareschneiden. Schon lange trug ich nicht mehr die Strähne mit mir herum. Öffnete meine Friseurtasche nicht mehr. Wagte nicht zu sagen, dass es mir fehlte, Haarsträhnen, ganze Köpfe anzufassen. Die Mädchen in meiner Clique hatten so langes Haar. Manchmal hinterging ich ihre Scheu und streichelte es unmerklich. Im Gehölz hinter den Rebstöcken pflückte ich mit ihnen Vergissmeinnicht am Fuß des Hügels und steckte sie ihnen ins Haar, als wäre nichts dabei. Die Jungs zuckten mit den Achseln und kippten dabei ihr Bier. Ich war ein wenig das Blödchen vom Dienst. Meine Kumpels fuhren in die Stadt, kehrten ins Dorf zurück, zelteten am Strand, fuhren für mehrere Wochen zu Freunden von Freunden. Ich folgte.

Mehrere Monate blieb ich bei einem Kerl, der weit ab von allem lebte, in einem kleinen, von Weinfeldern umgebenen Haus im Hinterland, ohne Komfort. Er war etwa dreißig vierzig Jahre alt. Nicht wirklich gut aussehend, aber er hatte langes dichtes Haar, rotbraun und wallend. Nicht so dünn und strähnig wie die meisten Männer, sondern richtiges schönes Frauenhaar, mit unterschiedlichen Nuancen (verstrubbelte Mischungen zerzauster Rottöne), das ich glatt kämmte. Er ließ es geschehen, weil er es entspannend, erotisch, ungewöhnlich fand.

Er redete nicht viel. Lebte von krummen Geschäften mit Gras und vor allem mit Isabella-Wein, den er selbst erntete und in einem Verschlag hinterm Haus destillierte. Er füllte ihn sorgfältig ab, als sei das der feinste Nektar, und es stimmt, das Zeug sah schön aus, dicht und seidig. Die Flaschen waren fast opak. Sie hatten hübsche Farben (wenn auch nicht so wie sein Haar). Das Blattwerk des Isabella rankte am Drahtgeflecht vor dem Haus hoch und spendete Schatten (in Lauben wurde es geduldet, Isabella zu pflanzen). Die restlichen Weinstöcke waren verstreut versteckt zwischen den normalen Reben. Sie waren jedoch leicht zu erkennen, weil Isabella keinen falschen Mehltau bekommt, die anderen dagegen schon. Ich sagte ihm, man würde ihn noch erwischen. Isabella macht verrückt, er verkauft sich zu hohen Preisen und hat einen himbeerartigen Nachgeschmack (einen Fox-Ton sagte er, und das ließ mich an Füchse denken, rötlich wild geschmeidig wie seine Haare), koste doch wenigstens. Er versuchte mich zum Trinken zu bringen. Ich schüttelte den Kopf. Ich glaube, er verachtete mich. Er vögelte mich auf brutale Weise, aber es gefiel mir, weil es immer schweigend geschah und ich dabei seine Haare festhielt, das erregte ihn und machte ihn noch brutaler, aber kein Laut. Ich frage mich, ob ihm der Isabella nicht ein bisschen zu Kopf oder in die Nüsse stieg. Eines Morgens im Herbst nahm ich eine Traube in die Hand, nur mal um zu sehen, zu fühlen, die wächserne pflaumenartige Schale unter meinen Fingerspitzen zu spüren. Um noch besser zu sehen, zu fühlen und zu spüren, drückte ich ein wenig drauf. Da sprang er auf und sagte, du spinnst wohl, du bist bloß eine dumme Göre.

Ich hatte Saft auf den Fingern, Rot auf den Wangen, schon gut, ich rühr deine Trauben nicht mehr an.

Als die Gendarmen anrückten, verprügelte er mich. Ich schwor ihm, dass ich sie nicht kannte, es war nicht die Brigade meines Vaters. Doch er wollte nichts davon hören, sagte nur hau ab. Ich packte meinen Rucksack (dazu ein paar Flaschen Isabella, die ich in meine T-Shirts rollte) und kramte rasend vor Wut in meiner Friseurtasche. Mit wütender Haarschere lief ich zu ihm zurück. Über ein Glas gebeugt, saß er unter der Laube und kehrte mir den Rücken zu. Es war sehr einfach. Mit geschultertem Rucksack schlich ich mich heran. Die Hände frei und bereit. Ich hob sein Haar, er schüttelte den Kopf, darum habe ich gewackelt, und es war ein wenig Blut in seinem Nacken. Mit meiner Trophäe rannte und rannte ich zwischen den Rebstöcken umher. Die Weinblätter waren orange rot gelb braun kupfern die untergehende Sonne ebenfalls rot und auch mein Gesicht hochrot, außer Atem.

Die Haare versteckte ich unter einem Stein im Rohr neben der Gendarmerie. Für ein paar Tage kehrte ich zu meinen Eltern zurück, holte mir ein wenig Geld. Pierre war größer, dicker geworden, aber weiterhin reglos und stumm. Er begann zu quengeln, zu wimmern, aber wenn man genau hinhörte, war es nur eine andere Form der Stille, schwerer, dumpfer und tiefer, das war alles. Ich zog meine Zimmertür zu. Ging zurück zu meinen Kumpels.

Ich öffnete die Isabella-Flaschen, meine Kumpels ließen sich überreden, betäuben. Und wir setzten unser leeres Leben fort. Die Strände im Winter mochte ich. Es war grau, etwas schmutzig, etwas traurig, mit viel Wind.

Im Frühling stießen wir zufällig auf ein Versteck hinter der Winzergenossenschaft, ganz in der Nähe der Gendarmerie (zwischen beiden die Straße und drum herum die Weinstöcke und die Siedlung). Es gab eine Art Kriechkeller unter den Gärbehältern aus Beton, gleich neben der Brückenwaage. Wir richteten uns mit allem Nötigen ein, Mehrfachstecker, Kocher, Matratzen. Trotzdem fand ich es leer und dunkel, mit starkem Hall. Es gab nicht einmal eine Fensteröffnung mit Gitterstäben, die das Licht einließ wie in den Zellen der Gendarmerie. Der Frühling brach an, niemand ging zur Kellerei. Der Frühling brach an, und wir mussten uns dort einsperren. He Friseuse, wenn's dir nicht passt, brauchst du nur über die Straße zu gehen, nach Hause zu Papa. Dabei wussten wir, dass wir noch vor Sommerende abhauen müssten. Allein der Lärm beim Wiegen, das wäre unmöglich. Und die Gärung stinkt (im Herbst muss man mehrere Tage die Fenster der Gendarmerie geschlossen halten). Außerdem hatten wir keine Lust, uns schnappen zu lassen. Wir würden weiterziehen, alles abbauen. Im Winter kämen wir zurück.

Ein bis zweimal die Woche überquerte ich die Straße, um mich zu waschen und ein wenig Geld zusammenzukratzen, bei der Gelegenheit bekam ich von meinem Vater stets ein paar gescheuert und lauschte Pierres Stille. Meine Kumpels waren auch nicht die Schlauesten.

Sie nahmen mich ungeduldig im Wald, am Fuße des Hügels. Wir sammelten Schlangenlauch und wilden Spargel, um Omelette zu machen, in das sie neue Kartoffeln, etwas Bohnenkraut, Petersilie und Muskat hineingaben (und Gras, mit verschworendämlicher Miene). Sie stießen mich in Heckenrosensträucher, die mir den Nacken den Rücken die Brüste den Bauch, und dann wieder den Rücken zerkratzen, wenn sie mich beim Schwanzwechsel umdrehten. Du bist dran. Sie hoben mein Haar hoch (es fiel mir genau auf die Schultern). Warfen es vor oder zurück, um meinen Hals in ihren festen Händen halten zu können. Die kindlichen wilden Rosen verkletteten sich in meinem Haar. Mein Kopf war voller Dornenzweige. Ich ließ es geschehen, aber die Heckenrosensträucher taten weh. Ich nahm ihre weichen Blüten in meine aufgeschürften Handflächen. Zerrieb sie. Manchmal halfen meine Kumpels mir auf. Dann hatte ich Angst, dass mir der leicht säuerliche Duft, den ich eben gestohlen hatte und sorgsam in der Faust umklammert hielt, wieder genommen werden könnte.

Am Morgen nach einem gemeinsamen Besäufnis weckte ich alle um zehn. Ich musste mich übergeben und stolperte. Mir war, als hätte dies ein endloses Echo ausgelöst, als sei ich in der gesamten Kellerei hingefallen. Die Mädchen maulten, weil ich auf den Boden gekotzt hatte (dabei war es nicht schlimmer als der kommende Most), die Jungs lachten. Vielleicht hatte ich zu viel getrunken, von wegen trinkt nie. Vielleicht war ich auch reif für eine neue Rotznase, he, an dem Tag, wo du das andere gemacht hast, warst du wohl voll wie eine Bütte.

Ich war schwanger mit Titouan. Wir hörten einen mächtigen Regenguss im Beton widerhallen. Ich schnappte mir meine Sachen und rannte zu meinen Eltern. Die Fahrbahn glänzte pomadig unter dem schweren Regen. Ich sah im Rohr unter der Fahrbahn nach, aber es war voll Wasser. Als ich meine Hand hineinsteckte, fand ich nur den Stein, die roten Haare waren offenbar fortgespült. Ich klingelte am Tor (unmöglich den Schlüssel in meiner Tasche wieder zu finden, ich musste ihn beim Rennen verloren haben). Ich war nass schmutzig und traurig, aber dieses Gewitter ließ mich strahlen. Mein Vater kam uniformiert an die Tür. Ihn schützte sein Käppi. Ich glättete kämmte meine fettigen flüssigen Haare. Na, prächtig siehst du aus, sagte er.

Der Bach schwoll mehrere Tage an, ohne über den Kanal zu treten.

Ich blieb in der Gendarmerie, um bis zum Sylvesterabend meine Übelkeit und schließlich meine Langeweile auszubrüten. Sah meiner Mutter zu, wie sie sich um Pierre kümmerte. Trank heiße Schokolade, bis mir schlecht wurde (jede Menge Zucker tat ich hinein). Pierre und ich schliefen noch im selben Zimmer. Allmählich gewöhnte ich mich an ihn. Ich nahm ihn mit in die Badewanne, um Wasser zu sparen. Legte meine Füße auf den Wannenrand und klemmte seinen Körper zwischen meine Oberschenkel und meinen dicken Bauch. Um ihn herauszuholen, rief ich meine Mutter. Ich konnte es ihr nie recht machen, auch hinter den Ohren, und die Haare, du weißt doch, dass heute Mittwoch ist, einmal pro Woche den Kopf, mittwochs, das habe ich dir schon hundertmal gesagt, wie willst du das schaffen mit dem anderen, du wirst nie allein zurechtkommen. Doch, ich habe ihn überall gewaschen, du gehst mir auf die Nerven. Er war fast drei Jahre und konnte weder gehen, noch alleine essen, noch alleine sitzen. Er war weiterhin so blond und gab immer mehr Geräusche von sich. Es waren weiterhin Geräusche der Stille, Geräusche ohne Worte. Dasselbe mit meinen Eltern. Meine Mutter hatte regelmäßig Nervenzusammenbrüche und mein Vater riss sich hier und da aus seiner Lethargie, um tropfenweise Bemerkungen fallen zu lassen. Nachts sang ich, um Pierres Wimmern, das Knarren seines Bettes, die schrillen Anfälle meiner Mutter nicht hören zu müssen. Ich sang in mein Laken, mit versteckter, gedämpfter Stimme, damit meine Eltern nichts hörten. Um den sechsten Monat herum spürte ich, wie ein Stück meines Bauchs sich zu dieser Stimme bewegte. Ich lag auf der Seite. Ich stand auf, um mein Bett an Pierres zu schieben, es tat ein bisschen weh. Pierre wimmerte nicht mehr, ich legte mich wieder hin, den Mund an die Stäbe seines Bettes gelegt, ganz nah an sein Ohr, und setzte meinen heimlichen Gesang fort. Er drehte sich zu mir um, sein verzerrtes Gesicht ganz dicht an meinem. Ich weiß nicht, ob er mich sah, aber ich nutzte die Gelegenheit, um seine Lippen abzuwischen, zwischen denen Speichel hervortrat, und auch meine Wangen.

Ich verbrachte quasi das ganze letzte Schwangerschaftsdrittel damit, mir zu überlegen, wie ich uns alle drei da herausholen könnte.

Dann kamen die Überschwemmungen. Die wütenden Leute aus dem unteren Teil des Dorfes und die überlasteten Gendarmen, wie jedes Jahr, wie jedes Herbstende. Der mit schmutzigen Gewässern durchtränkte Dezember, die Vorbereitungen fürs Neujahrsfest, die große Familie der Gendarmen, das alles widerte mich an. Einige Stunden vor der Entbindung stopfte ich mich ein letztes Mal mit heißer Schokolade voll, bis ich mich übergab. Während meine Mutter alles aufwischte, sagte sie, das sei nicht sehr schlau unmittelbar vor dem Neujahrsessen und so nah am Geburtstermin, du bist wirklich ein Mondkalb, meine arme Tochter. Sie war müde, erschöpft, besorgt. Mein uniformierter Vater knallte mir eine, die letzte, und ich war froh, als ich nach den Gambas amniotisches Wasser in die Gendarmeriegarage pinkelte, wohl wissend, dass die Gendarmen keine Putzfrau hatten und gezwungen wären, mich schnell ins Krankenhaus zu bringen, mitten im Neujahrsessen, und was den Pornofilm angeht, Pech gehabt.

Meine Mutter kam mich jeden Tag mit Pierre im Kinderwagen auf der Entbindungsstation besuchen. Seine lächerliche und starre Gegenwart wirkte beruhigend auf mich. Ich wartete auf ihn, meine Mutter öffnete die Tür, und er war da, nutzlos, reglos, aber ich brauchte ihn einfach. Meine Mutter vertraute mir an, sie würde sich seinetwegen schämen, jetzt könne man es allmählich sehen, sicher, du wieder, wenn du dich um ihn kümmern würdest, könntest du das verstehen, aber du hast ja keine Ahnung.

Sie musste zwei drei Besorgungen machen, ich sagte ihr, lass ihn mir ruhig hier, geh nur, lass dir Zeit, aber ja, wenn ich es dir doch sage.

Sie stellte den Kinderwagen zwischen Bett und Fenster, neben die durchsichtige Wiege. Ich stand auf, um Titouan beim Schlafen zuzusehen und Pierres zusammengesackten Körper wieder aufzusetzen. Augen und Mund standen offen, aber es lag ein Hauch Mittagsschlaf darin, also stellte ich den Kinderwagen in Liegeposition, und die Augenlider fielen mechanisch zu wie bei einer Puppe mit Schlafaugen.

Einer meiner Ex-Freunde öffnete ohne anzuklopfen die Tür, verlegen und derart verwirrt über seine eigene Anwesenheit, dass er nichts sagte. Er stellte eine Schachtel mit heißen Maronen auf den Nachttisch. Ich legte mich zurück ins Bett. Fast schüchtern ging er wieder.

Titouan schlief, in eine weiche Decke gewickelt. Er war noch ganz runzelig, seine Augen schmal, ganz klitzeklein in seinem Gesicht, ein Mund wie ein weiterer Strich, und unter dem braun behaarten Kopf (mit Haaren Härchen bis hinab in den Rücken) eine bebende Stirn. Ich nahm die Schachtel Maronen, sie waren noch warm, und aß langsam. Als ich die fettige Schachtel auf den Nachttisch zurückstellte, öffnete Pierre die Augen. Erneut stand ich auf, schnallte ihn los, trug ihn in mein Bett. Titouan begann zu weinen, und ich holte ihn aus seinem Behälter, um ihn zu uns zu nehmen. Wir machten alle drei Bekanntschaft miteinander. Ich streichelte ihnen den Kopf, und meine maronengeschwärzten Hände färbten auf ihre Haare Stirn Schläfen ab, bis zu den Augen.

Meine Mutter kam herein, mit lauter Paketen und einem Blick, der mich verurteilte. Sie stellte ihre

Tüten ab und ging zur Duschecke, von hinten sah ich sie in meinen Sachen wühlen. Konnte ihren gereizten Atem hören. Mit einem feuchten Lappen kehrte sie zurück und fing an, meinen Kindern das Gesicht abzuwischen, wobei sie allerlei Bemerkungen machte. Ich hielt die Kinder an mich gedrückt, sie versuchte meinen Arm loszumachen, um an ihr Gesicht zu kommen, beide schrieen und ich noch lauter als sie, na klar hätte ich es gemacht, sicher hätte ich.

Zuhause bei meinen Eltern saß ich ordnungswidrig auf dem Sofa. Ich hatte mich hingefläzt, die Füße auf den niedrigen Tisch gelegt. Mein Vater kam heim und ich setzte mich reflexartig auf. Titouan begann zu weinen. Es war noch nicht Zeit für das Fläschchen. Mein Vater, in Uniform, sagte, bring ihn zum Schweigen. Ich nahm eine Zeitung der letzten Woche aus dem Zeitschriftenhalter. Mein Vater wiederholte, wirst du ihn wohl zum Schweigen bringen. Im *Midi Libre* stand ein Artikel, weil Titouan das erste Baby des Jahres im Departement war. Mein Vater wandte sich ab, auf seinem Rücken war die schnurgerade Falte zu sehen. Ich stürzte in mein Zimmer, die Zeitung in der Hand, rühr ihn nicht an. Ich verschloss die Tür. Titouan weinte, als fehlte es seiner Stimme an allem. Pierre war farblos, grauer als ein schwarz-weiß Mond im *Midi Libre*. Ich steckte die Zeitung mit einigen Sachen, meiner Friseurtasche und meinen Papieren, in einen Beutel (kramte in der Schublade meines Nachttisches, zog sie ganz heraus, leerte sie vollständig, aber keine Haare mehr, schon seit Ewigkeiten wollte meine Mutter sie wegschmeißen). Ich bat meine Eltern um eine Bürgschaft und auch um ein wenig Geld für den Anfang. Ich suche mir eine Wohnung. Ich finde Arbeit, ich habe mich verändert. Mein Vater lachte los und erinnerte mich daran, dass ich nicht einmal den Führerschein besaß, meine Mutter wollte mich bei der Wohnungsbesichtigung begleiten, aber bis ich eine gefunden hätte, musste sich schließlich jemand um die Kinder kümmern.

Meine Wahl fiel auf diese Wohnung im fünften Stock, im Zigeunerviertel, und meine Mutter fing wieder an mit ihrer alten Leier über mein mangelndes Verantwortungsbewusstsein, ich würde nie klarkommen. Ich würde Pierre all die Treppen hinauftragen müssen, er ist erst drei Jahre alt, noch ist er gar nicht so schwer, aber später. Den ganzen Laubengang muss man entlang, hast du denn nicht gesehen, wie dunkel er ist, wie schmutzig, und Titouan bei all dem, zu dritt werdet ihr da drin nie genug Platz haben (dass du bei dem Zigeunerpack wohnen willst, wundert mich gar nicht).

Die Frauen im Salon fragen manchmal nach meinen Kindern (die Männer nie, aber sie hören zu, für alle Fälle). Zuerst reden sie über Titouan, er ist so süß, wie reizend, immer ein Lächeln, dann gleiten ihre Sätze listig hinüber zu Pierre. Ich antworte. Bin höflich. Aber ich bin noch listiger als sie. In meinen Antworten finden sie nichts, womit sie dem Klatsch Nahrung geben, lästern, Anteil nehmen, mich bemitleiden könnten. Außerdem behandele ich sie immer gut, während die Chefin eher rabiat mit dem Kamm umgeht. Sie verlangen nach mir, um über mich tratschen zu können, mehr über meine Geschichte zu erfahren. Sanft wasche ich ihnen die Haare, mit diesem angenehmen Prickeln auf der Kopfhaut. Sie nehmen nichts weiter mit als meine Freundlichkeit, ach ja, die Gendarmentochter, wie die sich verändert hat.

Wenn ich aus der Kindertagesstätte komme, habe ich oft keine Lust nach Hause zu gehen. Ich drehe eine Runde nach der anderen, und um die Zeit zu verkordeln, steige ich den Rundgang hinunter bis zum Zigeunerviertel (mit dem Kinderwagen sind die Treppen zu mühsam). Ich laufe an den katharischen Schatten entlang bis ganz nach unten. Titouans Schritte verfangen sich in den Rädern des Kinderwagens. Ich weise ihn zurecht. Er macht sich los und kompliziert den Spaziergang, indem er auf alle Gehwege, alle Hauseingänge, alle kleinen versetzten Stufen steigt. Ich gehe langsamer, lasse ihn gewähren. Ich habe Lust, wie damals mit meiner Clique durch die Weinstöcke zum Hügel zu laufen, bis ans äußerste Ende des Abends. Ich schlendere, spaziere umher, weiß selbst nicht recht wohin.

Hinter dem zweiten Wall quere ich den Kanal, hebe die Vorderräder des Kinderwagens an, um über den kleinen Sammler zu steigen, durch den der Bach sickert. Titouan vertreibt sich die Zeit damit, Anlauf zu nehmen und drüber zu springen (Mama kuck ma kuck). Wir folgen dem Weinbergweg, der sich vom Bach entfernt, zu ihm zurückkehrt. Ich biege in den Pfad zum Hügel. Titouan murrt ein wenig, aber ja komm, lass uns Schnirkelschnecken sammeln. Ich habe ein wenig Angst, den anderen zu begegnen, aber wahrscheinlich hängen sie zurzeit in der Stadt herum.

Titouan geht hüpfend auf die Suche nach den kleinen beigen Schnecken. Pierre lässt auf sich warten. Ich betrachte ihn dabei, wie er nichts sieht, den

Blick weit hinter der untergehenden Sonne. Titouan läuft zwischen den Rebreihen umher, die sich allmählich mit Trauben füllen. Sie sind noch sauer. Der Fenchel steht hoch, seine Stängel wiegen sich hin und her, Titouan braucht sich nicht bücken, um seine Tierchen aufzusammeln. Vorsichtig klaubt er sie mit achtsamen Fingerchen ab, um nicht das kleine durchscheinende Gehäuse zu zerbrechen, das hautdünn und kaum genarbt ist. Der Wein verfärbt sich. Und auch das Dorf dort hinten. Und wo? Ich drehe mich um. Wo tun Schnecke Mama? Einen Moment bleibe ich blöde stehen, den Blick in Titouans kleinen Händen. Sie sind voller Schnirkelschnecken, ihre hautartigen Gehäuse, zerbrechlich und fast weiß, scheinen leer zu sein, sie sehen aus wie Perlen, man könnte sie auf Haarklammern kleben, das wäre hübsch. Die Sonne schlüpft hinter den kleinen Hügel und Pierres Haare beben golden. Titouans werden orange. Ich ziehe meinen Beutel unterm Kinderwagen hervor und öffne ihn, hole meine große Friseurtasche heraus, den Inhalt schütte ich in den Beutel, dann halte ich die Ränder der Tasche auf. Titouan kippt seine Schätze hinein. Er legt den schneckenschwangeren Beutel unter den Kinderwagen, und ich löse die Bremsen.

Als wir das Dorf erreichen, habe ich keine Lust nach Hause zu gehen, auch wenn gleich vor uns die Nacht ist. Noch nicht, nicht sofort. Am Bach angekommen gehe ich langsamer. Und wenn wir zu den Gärten gingen. Hier gibt es viele. Alle sind unterschiedlich und alle an derselben Stelle, zu beiden Seiten des Kanals (der im Winter regelmäßig von dem breiten schlammigen Bach überschwemmt wird). Einige wurden schnell schnell mit Stacheldraht umzäunt, andere sind durch hübsch saubere Hecken voneinander getrennt. Es gibt Pfarrersgärten, Arbeitergärten, Altengärten. Ordentliche oder gar nicht ordentliche Gärten, Romano- oder Hispano-Gärten, wie meine Mutter sagen würde, Kraut und Rüben. Gärten, die auf Tomaten, Salate spezialisiert sind, einige mit ein paar Rebstöcken, vielen Blumen, Zucchini und grünen Bohnen, andere mit ein bisschen von allem. Und sogar Gärten ohne Gemüsebeet, dafür Baracken, die mit Fliegennetzen zugenagelt sind, ein Tisch und ein paar Stühle, die Grillecke, aber weg vom Haus, ein Fleckchen Erde am Fuße des Dorfes, nur um an Sommerabenden ein wenig Erfrischung zu haben. Titouan hüpft über den Bach, rennt, versucht die Betonböschung hinaufzusteigen, aber es ist zu abschüssig. Ich biege in den ersten Sandweg, nur wenige Meter, und die Sonne steht wieder vor mir, geschwächt. Atemlos rot holt Titouan mich strahlend wieder ein. Mit einer Hand stoße ich ein kleines eisernes Gartentor auf, mit der anderen versuche ich den Kinderwagen durchzuschieben, ihn in den schmalen dunklen

Weg zwischen den Bambushecken zu bugsieren, die die einzelnen Parzellen abtrennen. Pierres Gesicht hängt seitlich über, die Bambusblätter kratzen, kitzeln, sticheln ihn. Ich setze ihn wieder gerade hin. Wir dringen tiefer ein, die Minuten werden immer weniger lichtdurchlässig. Titouan hinter mir hält sich an meiner Hose fest. Eine Wegbiegung und weitere vergitterte Tore. Wahllos öffne ich das erste auf der linken Seite. Es geht schwer, knarrt. Auf einer Bank zuckt ein Opa zusammen. Ich habe seinen Schrecken gespürt, kann ihn aber nicht gut erkennen. Ich komme näher. Im Dorf habe ich ihn noch nie gesehen, auch nicht im Salon. Sein Gesicht ist von der Nacht und dem Brunnen-Rad verdeckt. Er beugt sich vor. Ah, du hast mich geweckt, Mädchen. Er fragt mich, ob ich nicht die Gendarmentochter bin, du hast dich verändert. Ich bitte ihn um Entschuldigung, ich dachte, um diese Zeit sei keiner hier, ich wollte mit den Kindern spazieren gehen. Der hier ist mein Lieblingsgarten (ich bin mir nicht sicher, ob ich Lust habe zu reden, er vielleicht auch nicht, keine Ahnung, er wirkt einsam). Du hast eine gute Wahl getroffen. Er hat eine kleine dünne Stimme. Hier vergisst man das ganze Dorf, die Straße, das Fernsehen, die Touristen. Einige lümmeln auf den Straßen herum, andere am Strand, hast du's in den Nachrichten gesehen? Ich habe kein Fernsehen. Hier im Garten ist es besser, nicht wahr, man vergisst alles. Das Dorf, die Straße, das Fernsehen, die Touristen und das alles. Sein Gefasel geht wieder von vorn los, aber das macht nichts. Alles, mein Kind, alles. Siehst du, es ist ganz einfach, man vergisst alles, und zwar dermaßen, dass ich darüber einschlafe (wegen der plötzlichen Brüchigkeit in seiner dünnen Stimme glaube ich, dass er lacht). Sitz ruhig, bleib nicht stehen. Er hustet. Seine winzige Stimme gewinnt ein wenig an Fülle. Aus der Nähe und mit mehr Aufmerksamkeit sehe ich ihn besser. Er hat sich aufgesetzt, auf dem Gehstock die knorrigen Hände und die schwarzen Fingernägel. Sein Gesicht ist so faltig, seine Haut so griesig, dass man meinen könnte, sie sei aus Kies, seine Hände sind genarbter als ein Schneckenhaus, das Gesicht rissig. Die Augen (Höhlen) sind winzig klein, verloren in all dem Kiesel, wie Waldaugen, kaum sichtbar. Er ist uralt, unanständig alt, maßlos. Er ist hässlich und schmutzig. Seine dunkle Kleidung taucht ihn noch tiefer in die beginnende Nacht. Ich lächle ihn an. Schiebe den Kinderwagen um den Brunnen bis an die Bank, der Opa versucht, nicht zu Pierre zu schauen, aber es gelingt ihm nicht. Er lächelt, wahrscheinlich als Antwort auf mein Lächeln oder entschuldigend (seine Falten schieben sich langsam nach oben, und ich frage mich, wie sein Gesicht noch zusammenhält, wie die mageren Lippen und die Haut der zernagten Wangen so dicht am Knochen hält). Pierre zappelt.

Ich hole ein Taschentuch heraus, um den hervortretenden Speichel wegzuwischen. Pierre zappelt zu stark. Ich binde ihn los, um ihn auf den Schoß zu nehmen. Als ich mich vorbeuge, erblicke ich unter der Bank eine dunkle Flasche ohne Etikett. Die Waldaugen leuchten ein wenig auf, stolz erzählt mir der Opa vom Jacquez. Ist das so etwas wie Isabella? Er zögert, weil er weiß, dass ich Gendarmentochter bin. Als ich so alt war wie du, war das erlaubt, weißt du, denk mal nicht, nur gelegentlich ein Schlückchen. Titouan fängt an, sich interessant zu machen. Er holt den Beutel heraus. Auf dem durchsichtigen Plastik ist schon ein bisschen Schleim. Ah, und hat deine Mutter eine Holzkiste mit einem Gitter? Wenn es nämlich kein Holz ist, werden deine Schnirkelschnecken nicht schmecken. Man darf sie nicht da drin lassen, mein Kleiner. Ich wusste gar nicht, dass man diese hier essen kann, aber ja, mit einem schönen Frisée-Salat, du kannst dir hier welchen pflücken, sieh nur, ist er nicht prächtig? Er zeigt mir seine Salate (das ist alles, was in seinem Garten wächst, und ein bisschen verbrannte Minze, der Rest ist ein unvorstellbares Durcheinander, nichts Identifizierbares). Ich beglückwünsche ihn. Schwerfällig steht er auf und geht ganz ausgetrocknet, mit verwitterten Schritten und langsamer als eine von Titouans Schnecken zu seiner Hütte am Ende des Gartens. Man hört, wie er darin herumkramt, es dauert ewig. Ich halte

Pierre, der allmählich ungeduldig wird, fest an mich gedrückt. Titouan geht näher an die Hütte heran, vorsichtig (eine Vorsicht aus neugieriger Angst). Es ist eine Art Verschlag, der aus zusammen gezimmerten Windschutzscheiben, Fenstertüren, Brettern, Wellblechen, Gitterwerk und sogar einigen Nummernschildern besteht. Titouan legt die Hand auf eine metallene Türklinke. Er dreht sich zu mir um, ich sage, na klar. Er geht hinein und kehrt fast im selben Augenblick mit einer Holzkiste zurück, gefolgt von dem Opa. Sie setzen sich alle beide neben mich. Pierre rührt sich nicht mehr, ich denke, er schläft, und lege ihn wieder in den Kinderwagen, er merkt es nicht. Langsam müssen wir wieder los, wir haben nämlich noch nicht gegessen, und ich glaube, er muss gewickelt werden. Titouans Augen flackern, er legt sich fast unsichtbar auf die Knie des Alten. Die Nacht lässt seine Stimme schwellen. Er erklärt mir, wie man die Schnirkelschnecken auf Lorbeerblättern und Thymian aushungern lässt. Und dann, eine Woche später, isst du sie mit Salat, mit einem Frisée-Salat, Olivenöl und Knoblauch. Das ist gut für den kleinen Bauch und das kleine Herz (er kitzelt Titouan, der wach wird und sich verschluckt, wieder ganz rot im Dunkeln.)

Freundlich antworte ich ja, gesundheitlich alles ok, und bei Ihnen? Ich habe die Hände in diesem Mischhaar (fettender Ansatz, trockene Spitzen), gebe Shampoo drauf. Spüle es aus, und die alte Haut entspannt sich, das Wasser hat die richtige Temperatur, die Bewegung meiner Hände ist so sanft, dass sie keinen Grund zur Klage haben wird. Sie darf keinen Grund zur Klage haben. Sie ist nicht irgendwer, sondern die Frau des Doktors. Eine der treuesten Kundinnen des Salons. Sie hat Knete. Die Haare sind strähnig, stumpf, strapaziert. Ich wasche sie ein zweites Mal, um den überschüssigen Talg wegzuspülen. Setze am Scheitelpunkt an, mit aufmerksamen, ja fast sorgenden Fingerspitzen, und beginne sanft die Stirn zu massieren. Darunter, weiß ich, kreisen und kreisen Gedanken. Diese Frau hat noch nie gearbeitet, sie langweilt sich mit hundert Sachen. Kommt hierher, um ihr Taschengeld auszugeben, ein paar Splitter und Späne vom Leben aufzufangen. Beim Haareschneiden wirft die listige Chefin ihren Kundinnen immer die Reste irgendwelcher Geschichten zu, köstliche Krumen. Die Frau des Doktors gibt sich aber nicht mehr damit zufrieden. Ich denke, sie sucht mich. Sie will Stücke von meinem Leben. Sie will mich bemitleiden, zum Zeitvertreib. Ihr Mann wahrt das Arztgeheimnis, weiht sie nicht ein. Sie würde gern, aber sie wird nichts erfahren. Ich kneife die Lippen zusammen, denke an Pierre. Um mich auf etwas anderes zu konzentrieren, beobachte ich mich selbst. Meine zögernden Finger führen kreisende Bewegungen aus. Ich fahre mit der Massage auf der gesamten Kopfhaut fort, wobei ich leichten Druck ausübe, von den Schläfen bis zum Nacken, wenigstens drei Minuten lang (meine Fingerspitzen gleiten sanft hinter die Ohren). Ich tue ihr gut. Die Frau des Doktors hat ihrem Alter entsprechende Haare. Sie will ihnen Spannkraft und Fülle zurückgeben. Ich lade sie ein, im Sessel Platz zu nehmen. Sie lächelt mich an. Ich wage nicht, ihr ins Gesicht zu sehen. Suche nach Einzelheiten, um nicht denken zu müssen. Nehme das Handbuch von ihren Schultern und ersetze es durch einen Schneideumhang, wobei ich versuche, ihn genau über den Polylac-Waschumhang zu legen (auf dem Etikett steht: beschichtetes Polyester, fleckenabweisend, antistatisch, 40° waschbar, bei niedriger Temperatur bügeln).

Ich fange an, die Haare zu kämmen.

Als ich den Blick vom Etikett hebe, sehe ich im Spiegel das angespannte Gesicht, trotz der Massage bei der Haarwäsche; dabei habe ich mir Mühe gegeben, habe sogar eine sanfte Balsam-Pflegespülung mit Vanille-Duft genommen, um das Wohlempfinden zu steigern.

Ich überlege, während ich, so ruhig es geht, diese kläglichen Haare kämme.

Schließlich lasse ich den Kamm weg, um die Haarsträhnen mit den Fingern zu ordnen.

Die Kundin wird etwas ungeduldig. Ich unterhalte mich mit ihr, während ich die Strähnen beinahe einzeln scheitele. Sie zögert.

Ich beruhige sie, nein Ihr Haar ist nicht dürftig, es braucht gar nicht so sehr Volumen als vielmehr Geschmeidigkeit, Fluss, wie ein Bach im Herbst, denn im Moment ist es nicht weit her mit dem Bach. Sie lässt sich überzeugen. Ich schlage ihr etwas Neues vor. Es ist auch für mich neu. Für das ganze Dorf. Eine Kühnheit. Die Chefin kommt näher und gibt mir per Kopfnicken ihr Einverständnis. Die Kundin fasst Mut, stellt Fragen über mögliche unerwünschte Nebeneffekte, aber nein, keine Sorge. Ihren Freundinnen wird die Spucke wegbleiben. Morgen auf dem Markt werden alle nur über eins reden.

Ich lege ein Dutzend Strähnen auf eine durchsichtige Folie. Hefte das Set ans Echthaar, anderthalb Zentimeter von der Kopfhaut entfernt. Meine Präzision erregt Neid. Um die Kundin und mich hat sich ein Kreis gebildet. Doch ich nehme ihn kaum wahr, sondern konzentriere mich auf meine Finger, die Folie, die Haare, die echten, die falschen. Pierres Augen sind weit weg (so weit vielleicht doch nicht). Ich führe das Eigenhaar und die Verlängerungen in eine spezielle Zange. Der Osmoseprozess beginnt. Ich gebe mir Mühe. Ich könnte meine Tage (meine Nächte) vergessen. Flüstern umgibt uns. Vorsichtig ziehe ich die Verbindungsfolie heraus.

Ich lasse alle die angebrachten Extensions bewundern, die perfekt mit dem Eigenhaar verbunden sind, dann wiederhole ich den Vorgang auf dem gesamten Kopf.

Anschließend mache ich ein Painting in mehreren Farbnuancen, die auf ganz dünne Strähnchen aufgetragen werden, (um dem Haar mehr Struktur und Tiefe zu verleihen), dann den Haarschnitt, fransige Stufen (damit es jünger aussieht), und am Ende föhne ich die Haare auf einer dicken Rundbürste nach innen.

Mein erster Schnitt, er ist sehr gelungen. Und meine ersten Extensions. Es sind sogar die ersten Extensions des Salons. Die Chefin hat mich gewähren lassen.

Sie räumt die Haarschublade fort. Zwar habe ich nur kastanienbraune dreißig Zentimeter genommen, aber sie überprüft es, man weiß ja nie. Sie hat mich schon öfter im Schubfach wühlen und brav geflochtenes indisches Echthaar befühlen sehen. Wir haben erst seit wenigen Tagen Haare, die Chefin wiederholt schon seit Wochen, das ist jetzt Mode, wir müssen uns da ranmachen, die jungen Leute fragen danach (und nicht nur die jungen, denn unter uns gesagt, nicht wenn man jung ist, verlieren die Haare an Fülle), und für Brautfrisuren ist das ein Pluspunkt.

Ich setze mich auf einen der Sessel vor den Waschbecken im hinteren Teil des Salons. Die Chefin hat die Kassenschublade zugeschoben, von weitem zeigt sie mir den großzügigen Inhalt des Weidenkörbchens. Da ich nicht reagiere, kommt sie mit dem Körbchen in der Hand näher. Ja, ich hab's gesehen, ich hab's gesehen. Sie setzt sich auf den anderen Sessel. Morgen kann ich nicht kommen und übermorgen auch nicht, deshalb. Aber am Samstag werde ich da sein, machen Sie sich keine Sorgen. Ja, ich weiß, deine Mutter war hier, mach dir nur keine Sorgen. Es ist besser so, weißt du.

Ich steuere mit Pierre auf den großen Platz zu. Heute Abend werde ich ihn verlassen, denn morgen ist es soweit (der Zug geht um sechs). Speziell aus diesem Anlass habe ich Titouan meiner Mutter anvertraut.

Ich habe den Bus genommen, zum ersten Mal bin ich mit Pierre in der Stadt. Wir werden Enten angucken und Eis essen gehen. Und das war‘s. Er wird bestimmt vor mir sterben, hat der Dorfarzt gesagt. Der Kaiserschnitt hat mir noch Monate später wehgetan. Weder seine Schultern noch seine Hüften habe ich gespürt, ich habe überhaupt nichts gespürt, warum tut es dann jetzt so weh. Ich hielt mein T-Shirt hoch, damit er es sah, er stand von seinem Schreibtisch auf, doch anstatt meine Narben zu untersuchen, nahm er meine Hand, das T-Shirt fiel leicht und kühl wieder herab, ich glaube nicht, dass er das Erwachsenenalter erreichen wird, man weiß zwar nie, aber. Aber besser wäre wenn nicht. Ja, besser er wird nie erwachsen. Sein Körper ist jetzt schon zu schwer.

Ich schäme mich für seinen Körper, er ist völlig verwachsen. Ich schäme mich so sehr, dass ich nicht einmal richtig traurig sein kann.

Ich versuche, ihn aufrecht in den Kinderwagen zu setzen, zurre das Gurtwerk fest, aber der Oberkörper und die Schultern und der Nacken, der Kopf kippen zur Seite. Ich klemme seine Schuhe auf die Fußstützen über den Rädern. Er murrt ein bisschen. Es geht mir auf de Nerven zu sehen, wie seine Augen in die Luft stieren, seine Augen, die immer hinter Wolken versteckt bleiben, aber heute ist es nicht bewölkt, also sieh mich an, Pierre, lass es doch zu, hör her, halt dich gerade, sieh mich an, sieh mich doch an. Ich zwinge mich, nicht zu schreien.

Ich habe ihn mit auf den Platz genommen, um das Kasperletheater, die Enten, die Spiele, die anderen Kinder anzuschauen, Eis zu essen.

Beim Kasperle hatte er die Augen in der anderen Richtung. Ich dachte, er würde vielleicht etwas spüren, keine Ahnung, die gespannte Aufmerksamkeit der anderen Kinder, die fröstelnde Stimmung ihres Gelächters. Noch vor dem Ende gingen wir wieder, denn Pierre fing an laut zu werden und die Mütter drehten sich schon um.

Die Enten kommen näher, sie sind zahm, machen einen Heidenlärm. Sie haben das trockene Brot in der Plastiktüte gerochen und stöbern mit ihrem Schnabel darin herum. Pierre schreckt nicht zusammen. Ich halte die Tüte auf und streue das Brot auf die Erde. Die anderen Kinder stolpern über die Räder des Kinderwagens, über Pierres Füße, laufen um ihn herum, ohne ihn zu sehen. Der Spielplatz, nein, er ist zu schwer, zu schlaff, als dass ich es schaffen könnte, ihn auf die Rutsche oder die Schaukel zu setzen, also sehe ich den anderen zu, wie sie hinaufsteigen runterrutschen hinaufsteigen runterrutschen, hinfallen, weinen, von ihren Eltern getröstet werden.

Pierre habe ich noch nie weinen gesehen oder gehört. Er kann nur murren, wimmern, sabbern. Weder weinen, noch lächeln, noch den Mund weit aufreißen, um zu tun als ob. Wie ein Kind seines Alters die Lippen öffnet, um zu lachen oder sich mit Bonbons voll zu stopfen. Ich habe schon versucht, ihm Eis zu geben, mit den Fingern, direkt in den Mund. Lakritz-Eis, das mag ich nämlich, also hat er vielleicht denselben Geschmack. Mit einer Hand habe ich seine Lippen auseinander gezogen und meine kalten Finger hineingleiten lassen, aber er hat heftig den Kopf geschüttelt. Überall war Eis, seine Wangen klebten. Er hatte welches im Haar, auf seinen langen blonden zerzausten Locken, die ihm in die großen hellen Augen tropften, seine Augen röteten sich von der Reizung und fingen auch an zu laufen. Ich holte sein Sabberlätzchen heraus und musste mich zusammenreißen, um nicht zu weinen, zu schreien, zu weinen, ich musste mich schon vorhin und gestern im Salon zusammenreißen. Ich reiße mich noch immer zusammen, wobei ich mir sage, es ist ja der letzte Tag, nie wieder das hier, aber diese Worte, es ist ja der letzte Tag, nie wieder das hier, rufen Schuldgefühle in mir hervor, dann möchte ich am liebsten weinen und mich nicht mehr zusammenreißen.

Ich höre einen dumpfen Aufprall, Pierre zappelt. Ich glaube, ihn hat gerade ein Ball ins Gesicht getroffen, da vorne ist er, mit roten und gelben Blumen. Ich werfe den Ball zu dem kleinen Mädchen zurück, das stehen geblieben ist. Um die richtige Höhe zu haben, hocke ich mich hin. Ich erblicke tadellose Beine auf hohen Absätzen, die eilig näher kommen. Der Mutter tut es leid, sie entschuldigt sich in einem fort, schaut zu ihrer Tochter, schimpft sie aus. Das kleine Mädchen dürfte etwa in Pierres Alter sein, es rührt sich immer noch nicht, hat den Ball ins Gras kullern lassen, ich drehe mich um und sehe, wie er den Abhang hinunter rollt. Die Mutter beharrt darauf, entschuldige dich bei dem kleinen Jungen, meine Süße, Sie wissen ja, wie das ist mit den Kindern. Sie zerrt ihre Tochter am Arm, komm, wir gehen den Ball holen, aber die Kleine ist wie gelähmt. Ihre Augen brennen, gefüllt mit kaum zurückgehaltenen Tränen.

Nicht schlimm, sag ich zu ihr.

Nicht schlimm. Das ist wie bei den Schneebällen, sie gehorchen auch nicht immer den Kinderhänden (wegen des Winds).

Wenn es vor der Gendarmerie schneite, war das ein großes Ereignis. So viel Schnee gab es nicht oft. Mit dem Wind bildeten sich allmählich Schneeverwehungen. Unsere Väter schauten beunruhigt aus den Bürofenstern, der Parkplatz musste freigeschaufelt werden.

Wie die Wilden rannten wir kreuz und quer über den Hof, und unsere ungezügelte Freude kannte keine Grenzen. Sie drängte uns zu dem kleinen Verwaltungsgebäude. Wir dachten nicht einmal mehr an das strikte Verbot, dort zu spielen. Ich weiß nicht, wer von uns den ersten Schneeball gegen das Bürofenster schleuderte, aber wir machten es alle nach, und von einem wilden Lachanfall, einem schrillen Kinderlachen geschüttelt, stand die kleine Schwester meiner Nachbarin am nächsten, als sie die Tränengasgranate warfen.

Am Arm zog ich sie zu ihr nach Hause, sie schrie wie am Spieß und rief nach ihrer Mutter. Auch meine Augen brannten, aber ich konnte sie öffnen. Sie war knallrot, brüllte, ich sehe nichts mehr, ich sehe nichts mehr, Mama, ich bin blind.

Als meine Nachbarin die Tür öffnete, schob ich

sie zur Seite und hob ihre kleine Schwester hoch, um sie direkt in die Arme ihrer Mutter zu legen. Ich wischte mir Augen Nase Mund mit dem Ärmel und nahm meine Nachbarin beiseite, der ich das Versprechen abrang, mir zu helfen, ihre Schwester zu rächen, ich hatte gerötete Augen und hasste die Gendarmen.

Das kleine Mädchen hat sich immer noch nicht gefasst, seine Mutter wird ungeduldig, ich nehme das Mädchen an die Hand und lasse es Pierres Wange berühren. Schau, es tut ihm nicht weh, aber ich glaube, er möchte ein Küsschen, nun ja es ist nicht ganz sicher, du musst auch nicht, es liegt ganz bei dir. Das Mädchen schneidet eine Grimasse. Ihr Kuss auf Pierres Gesicht ist so gehaucht zögerlich zurückhaltend, dass er sich schnell zurückzieht und fast mein Gesicht streift.

Ich habe den Platz verlassen, wir gehen im Stadtzentrum spazieren. Blicke umgeben uns, doch es stört mich nicht. Ich schäme mich nicht mehr, ja, ich fühle mich sogar frei, fast hochmütig.

Es beginnt heftig zu regnen, obwohl das Wetter so schön war, ein ungeheurer Platzregen, einfach so, ohne erkennbare Wolke. Eilig schiebe ich den Kinderwagen in ein Café. Pierre stößt sich den Kopf an der Tür. Ich gehe hinein, nehme an einem Tisch Platz und richte Pierre wieder auf. Ich bestelle Kaffee und einen Eiswürfel. Der Kellner sagt, aha gut, Eiswürfel und Kaffee, kommt sofort.

Ich habe mich hinten in eine Ecke gesetzt, um mit dem Kinderwagen nicht den Durchgang zu versperren. Ich bedanke mich beim Kellner. Hebe Pierres Kinn an. Hole den Eiswürfel aus dem kleinen Glas und fahre ihm damit über die Stirn, dort, wo die Beule schon sichtbar wird. Der Kellner hinter der Bar lächelt, während er die Untertassen abtrocknet.

Ich stehe auf, um Papierservietten vom Tresen zu holen. Wische Pierres Gesicht damit ab, dann meins, seine langen feuchten Haare, dann meine, klemme ihm eine Strähne hinters linke Ohr. Seine Augenlider fallen zu und gleichzeitig geht der Mund auf. Wahrscheinlich schläft er. Ich wische ihm die Mundwinkel ab. Ziehe meinen Pulli aus und bedecke ihn damit, wobei ich seine Arme auf den Oberkörper lege. Dann lehne ich mich auf der Bank zurück, um meinen Kaffee zu trinken, da erblicke ich sie. Meine Nachbarin. Ich erkenne sie an ihren schwarzen nassen Haaren, die ihr störrisch und zerzaust über die Hände fallen. Die Ellbogen auf dem Tisch, die angewinkelten Arme, die leicht angespannten Finger, die ihr Gesicht an den Wangen aufstützen (faltig verzogene Wangen). Das ganze Gesicht ist vorgebeugt. Plötzlich bewegt sie sich, nimmt die Arme wieder an den Körper, mit der rechten Hand blättert sie eine Seite um, sucht nach einer Tasse, die sie um ein paar Zentimeter verfehlt. Um die Tasse zu finden, hebt sie den Kopf und lächelt, weil sie mich nun endlich erblickt hat, steht auf, nimmt Buch und Tasse und setzt sich mir gegenüber.

Auf meine Frage antwortet sie, dass sie eine Pause von zwei Stunden hat. Sie schaut Pierre, schaut mich an. Befragt mich, ohne etwas zu sagen. Sie hat den Zeigefinger der linken Hand in das zugeschlagene Buch gelegt, um die Seite zu markieren. Ihr Daumen verdeckt den Titel.

Es ist ein Taschenbuch mit einem Gemälde auf dem Umschlag. Ein altes Gemälde, das Portrait einer jungen Frau, die in einem schmalen, leeren grauen Raum sitzend durch ein kleines vergittertes Fenster schaut, wie eine Nonne ist sie gekleidet, ja, sie sieht aus wie eine traurige Ordensschwester in ihrer Zelle. Sachen liest die. Sie schaut mich weiter mit dieser wortlosen Frage an. Ich erkläre ihr alles. Erzähle von den letzten Tagen, dem Platz, meiner Scham, meinem Stolz, den Straßen, dem Regen und der Entscheidung, die ich nicht getroffen habe, die ich aber doch hinnehmen muss. Sie legt das Buch auf den Tisch, ich weise sie daraufhin, dass sie die Seite verschlagen wird. Sie antwortet nein, nein, ich erinnere mich immer, an welcher Stelle ich gerade bin, aber seit wann gehorchst du deinen Eltern?

Der Regen hat aufgehört, einige Tropfen bleiben auf der Scheibe haften, was die Gestalt meiner Nachbarin verzerrt. Ich habe sie mit meinen Geschichten aufgehalten, aber sie sagt, keine Sorge, während sie nach ihrem Rucksack langt, wäre nicht das erste Mal.

Ich glaube, Pierre schläft nicht mehr. Ich blicke auf den Platz meiner Nachbarin. Pierre hat die Augen offen, aber ich bin mir nicht sicher, ob er wach ist. Ich bin mir auch nicht sicher, ob er geschlafen hat.

Ich nehme wieder meinen Pulli, ziehe ihn über. Richte Pierre auf.

Es gelingt mir nicht, meine Nachbarin zu hassen. Trotzdem bin ich ihr böse. Bevor sie aufgestanden ist, hat sie gesagt, sieh mal er träumt, sie wollte sagen, hör mal er träumt, weil er leise wimmerte, ohne dass es den Anschein hatte, dass er leiden würde. Was weiß sie denn von Pierres Gedanken Träumen Albträumen, in ihren Büchern steht das nicht. Ich gab schmollend zurück, wimmern tut er die ganze Zeit, das heißt nicht, dass er träumt. Darauf hatte sie schelmisch erwidert, vielleicht träumt er ja die ganze Zeit.

Mit Pierre in den Bus zu steigen war schwierig heute Morgen, aber am Nachmittag steht eine alte Dame, die ich kenne, am Busbahnhof, sie bietet mir ihre Hilfe an (gern). Ich frisiere sie oft, gebe ihrem Haar Volumen, um ihre kleine kahle Stelle zu verdecken (eine ganz leichte Dauerwelle, die feinem Haar guten Halt gibt). Sie klappt den Kinderwagen zusammen und hebt ihn hoch (man muss die Gurte abmachen, vielen Dank). Ich trage Pierre zum Sitz. Schnalle ihn fest, indem ich die Riemen durch den Sitzgurt ziehe und dann um die Armlehnen wickle (ja, geben Sie ruhig her, nochmals danke, Madame). Ich drücke ihn gegen die Scheibe und setze mich neben ihn.

Die Oma setzt sich hinter uns. Während der Fahrt erzählt sie von meinem Vater. Sie hat ihn gestern gesehen, wissen Sie, als er wegen dieses armen Teufels gekommen ist, aber ja, der Mann, der gleich nebenan wohnt. Nein, ich weiß nichts darüber, also erzählt sie es mir. Höflich drehe ich mich um. Diesmal bin ich gern bereit, mir den Tratsch anzuhören, die Alte ist nett. Rasch begreife ich, dass es sich nicht bloß um ein Nachbarschaftsding handelt. Während sie mir die Einzelheiten über den Selbstmord ihres Nachbarn erzählt, kann ich nicht anders, als im Geist das Gespräch zwischen dem diensthabenden Gendarm und meinem Vater zu rekonstruieren. Ich mache meine alte Übung, nur rückwärts. Die Details sind noch furchtbarer noch präziser als unter der Rubrik Vermischtes, an die sich die Gendarmentöchter gewöhnt haben. Überall war Hirn, sogar auf der Tapete, na, Sie können sich ja vorstellen, wenn man das sieht, ich habe ihn gefunden, wissen Sie. Die Alte flennt ein bisschen, und ich versuche sie mit abgedroschenen Phrasen zu trösten, es ist besser so, kommen Sie, er war auf der Stelle tot, er hat nicht gelitten. Das will sie mir gern zugestehen, gut, aber wenn das Gottesfurcht sein soll, stellen Sie sich mal vor! Glauben Sie, als junge Frau, dass man sich umbringen kann, weil Gott einen vergessen hat? Weil man noch nicht tot ist? Ich verstehe nicht, also erzählt sie mir von dem Brief, den er hinterlassen hat, von seiner Angst mit fast hundert Jahren immer noch am Leben, vergessen worden zu sein. Vom lieben Gott vergessen, von wegen. Die Alten tanken tüchtig Jacquez, das Zeug steigt ihnen zu Kopf und verwirrt sie. Die Bestattung ist morgen, ich weiß nicht, ob ich die Kraft haben werde, wissen Sie.

Pierres Augen sind geschlossen, sein Kopf kippt gegen die Scheibe des Busses, sein ganzes Gesicht ist der Landschaft zugewandt. Er muss eingeschlafen sein. Von den Haaren gleiten ihm kleine Schweißtropfen auf die Stirn und heften sich auf die Scheibe. Die halb geöffneten Lippen lutschen eine Mischung aus Atem und Schweiß. Auf einmal fällt mir ein, dass ich vergessen habe, die Schnirkelschnecken auszuhungern, sie sind immer noch in meinem Beutel unter dem zusammengeklappten Kinderwagen, erstickt ausgetrocknet zerquetscht. Titouan wird mir böse sein.

Ich kämme Pierre mit den Fingern, dann lasse ich ihn allein und setze mich hinter ihn.

Die Alte ist völlig aufgewühlt. Ich nehme sie in den Arm. Sie riecht nicht sehr gut. Ist ganz warm, verlegen. Feucht und schmerzerfüllt. Es fehlt nicht viel und mir ist auch nach Heulen zumute. Sie setzt ihr Gejammer fort, man könnte meinen, dass sie sich an traurigen Dingen weidet. Die alten Leute klagen gern. Weinen gern. Sie beschreibt mir die Langeweile, in der man sie, die Alten, tage-, wochenlang belässt. Ausführlich legt sie mir ihr fades, farbloses Leben dar. Erzählt mir von dem Garten, wissen Sie, wo die Gärten sind, an den Uferböschungen, gleich hinter der Fußgängerbrücke. Dort verbrachte er seine Abende, der arme Teufel. Mit Nichtstun, gar nichts, bestenfalls vermaß er mit den Augen die Bambushecke. Ab und zu ging sie dorthin, um ihm zu helfen, nicht etwa wegen der paar Salatköpfe, sondern um ihm Gesellschaft zu leisten, er war einsam, verstehen Sie.

Mir zieht sich der Bauch zusammen.

Jetzt drücke ich sie so fest, dass ich ihr wehtue.

Sie löst sich aus der Umklammerung, um sich mit einem gestickten Taschentuch die Augen zu trocknen. Sie sieht mich ein wenig überrascht, fast stumpfsinnig an. Wie ein Geheimnis, aber laut genug, damit sie es hört, raune ich ihr zu, wissen Sie was, wenn es Gott wirklich gibt, ist er pervers, er dürfte gerade mächtig Spaß haben. Sie nickt bedächtig. Setzt sich zögerlich auf, um den schlafenden, festgezurrten, sabbernden Pierre zu sehen. Erneut betrachtet sie mich, nickt mehrmals. Sie spricht mit mir, aber dieses Mal flüstert sie, duzt mich, wobei sie mit dem Mund dem Atem dem Jammer näher an meinen Hals kommt. Vielleicht hält sie sich für meine Großmutter, verstohlen zeigt sie auf Pierre, (du weinst bestimmt auch gern, hm, du wirst meine Tränen trocknen, und ich werde deine trocknen, wenn du willst).

Ich höre, wie die Oma danke und nur Mut zu mir sagt, nur Mut, mein Kind, als ich mich wieder auf den Platz neben Pierre setze. Pierre und meine Tränen, von wegen. Ich bemerke seine geöffneten Augen, die von der Decke des Busses magnetisch angezogen werden.

Ich wische ihm den Speichel ab und rücke sein Gesicht gerade.

Dann betrachte ich den zusammengeklappten Kinderwagen, der gegen den Sitz gelehnt ist. In dem Körbchen darunter liegt meine flach zusammengedrückte Friseurtasche, darin sehe ich nichts als eine gräuliche, an durchsichtigem Plastik klebende Masse. Titouan wird böse auf mich sein, keine Frage.

Den Rucksack für Pierre hat meine Mutter schon gepackt. Ich nehme Titouan wieder zu mir (ich muss dir etwas sagen, mein Schatz) und teile ihr mit, dass ich meine Meinung geändert habe.

Meine Mutter gerät fürchterlich in Wut, sie droht mir, nein, ich brauche nicht mehr die halbe Woche auf sie zu zählen, ha, damit ist jetzt Schluss. Ich wollte sowieso aufhören, im Salon zu arbeiten, ich habe genug davon, halbkahle Omas zu frisieren. Soll sie sich doch beim Jugendamt beschweren gehen. Wenn du willst. Wenn du glaubst, die machen mir Angst.

Ich habe nie auf ihre Vorladungen reagiert. Als sie zu mir nach Hause gekommen sind, habe ich mich versteckt. Zweimal. Ich hatte Angst. Ich fühlte mich schuldig, dachte, sie würden mir Pierre wegnehmen, sie hätten einen Vorführungsbefehl oder so was (bei diesem Papier- und Vormundschaftskram blicke ich überhaupt nicht durch). Beim ersten Mal war ich alleine, ich blieb reglos stehen, bis ihre

Schritte wieder die Treppe hinunter stiegen. Beim zweiten Mal hatte ich die Kinder da, ich nahm sie mit auf den Balkon und sagte Psst. Schloss die Küchentür. Es war Winter. Pierre hielt ich an mich gedrückt, Titouan bibberte, ohne zu murren. Danach gab ich ihm ein Stück Kuchen, weil er so brav gewesen war.

Ich schließe die Wohnungstür zweimal ab. Die Kinder sind artig. Die Friseurtasche werfe ich gleich in den Müll. Titouan hat nicht gemeckert, nicht einmal geweint. Pierre liegt unterm Perlenvorhang. Ich habe ihn dort hingelegt, um in der Zwischenzeit den Kinderwagen hoch zu tragen, er hat so ruhig gewirkt. Der Vorhang bewegt sich leicht, Pierres Kopf auch, und Titouan kommt und geht vor seinem Bruder durch den Vorhang, so dass er quer durch die Abendsonne schneidet. Die Lichtreflexe verteilen sich merkwürdig auf Pierres Gesicht, als würden seine Gesichtszüge nicht ganz zusammenpassen. Er macht mir Angst. Ich nehme die beiden mit auf den kleinen Balkon. Titouan läuft bis ans Ende, beugt sich vor und langt nach der Holzkiste mit dem Gitterboden. Ich hatte sie neben die Toilette gestellt. Er wendet sie in den Händen. Fragt, ob wir sie dem Herrn zurückgeben müssen.

Pierre binde ich am Geländer fest und gehe seinen Rucksack wegräumen, all die Sachen, die meine

Mutter rausgelegt hatte. Im Schlafzimmer stelle ich fest, dass sie bei mir war, um ein paar fehlende Kleidungsstücke zu holen. Sie wird mir den Schlüssel zurückgeben müssen.

Ich kehre wieder auf den Balkon zurück, Titouan sitzt mit baumelnden Beinen neben seinem Bruder, das Gesicht zwischen die Stäbe geklemmt, um Pierre nachzuahmen. Er spricht mit jemandem weiter unten. Ich höre, wie eine Stimme ihm antwortet. Beuge mich vor, um zu gucken. Ich grüße. Die Terrassen steigen im Wechsel von Etage zu Etage hinab bis zu dem betonierten Kanal am Ende des Dorfes. Einige sind verglast, manche von Rohren umgeben. Andere einfach so, nur von einer großen orangenen sonnigen Leere. Alles Mögliche steht darauf, Leute, Wäsche, Dreiräder, Klos wie bei mir, alter Krempel. Junge Leute, die Gitarre spielen. Mädchen, die sich streiten und dabei rauchen. Kläffer, Katzen, Pflanzen. Titouan schaut (die Augen mit der kleinen Hand vor der tief stehenden Sonne schützend), er sucht alles mit dem Blick ab (Vögel Fenster), macht Bemerkungen, eine Frau nimmt die Wäsche ab, für Pierre beschreibt er in seinen Babywörtern, seinen zusammengeklaubten Wörtern, was er sieht, na ja, bei dem bisschen, was Pierre versteht, die Frau verschwindet wieder mit ihrem bunten Korb, es riecht nach Essen, ich bekomme Hunger. Titouan zeigt mit dem Finger auf die Gärten, da hinten weit hinten da.

Ich frage mich, wie er das alles erkennt. Hinter den Gärten die Weinstöcke, hinter den Weinstöcken der Hügel. Komm, wir gehen hinein, es ist Zeit fürs Abendessen. Ich versuche Pierre loszubinden, aber er wehrt sich und er ist schwer. Titouan hört nicht, klammert sich an die Stäbe, er schmiegt sich eng an seinen Bruder und umklammert ihn an den Hüften. Steckt den Arm durchs Gurtwerk. Ich überlasse sie ihrer Betrachtung (er sieht nichts hört nichts weißt du), und gehe hinein, das Essen vorbereiten.

Mit Kissen, einem Sandwich und zwei Milchfläschchen kehre ich zurück.

Ich lehne mich gegen die Wand, verteile die Kissen um mich herum. Titouan setzt sich zwischen meine Beine, trinkt sein Fläschchen, und ich esse mein Sandwich und lausche, wie der Tag zu Ende geht. Was soll's, für heute Abend lassen wir das Bad ausfallen. Ich habe mein Sandwich aufgegessen, Titouan lässt sich Zeit mit dem Fläschchen. Ich schiebe ihn zur Seite, um Pierre loszubinden und ihn zu uns zu nehmen. Die Stäbe, die Gurte haben auf seinem Gesicht und seinem Hals Spuren hinterlassen. Er murrt ein bisschen und weigert sich, am Fläschchen zu saugen. Titouan geht die Wasserpistole holen, aber anstatt Peng! Trink! zu spielen, gibt er sie mir und lässt sich wie eine Katze in die Kissen fallen. Ich gieße die Milch in den Tank, schiebe das Rohr in

Pierres Mund und drücke vorsichtig den Abzug, wobei ich mit dem Saum meines Rocks nach und nach wegwische, was ihm aus den Lippen läuft.

Es ist ein Katalog gekommen. Ich frage mich, woher sie meine Adresse haben. Schaue in den Briefkasten. Das begreife ich nicht.

Ich bin eben zurück aus dem Dorf, wo ich Tomaten und Schinken (und Brot) fürs Mittagessen kaufen gegangen bin. Auch im Salon habe ich vorbeigeschaut, um meine Kündigung abzugeben. Bei dem bisschen, was ich verdiene, lohnt es sich ohnehin nicht weiterzumachen.

Ich werde um Pierres Akte bitten, damit ich Beihilfen bekomme, weil ich ihn jetzt die ganze Zeit haben werde, also stehen sie mir zu, zumal ich aufhöre zu arbeiten. Ich muss mich um all das kümmern, die Beihilfen, die Versicherungen, die Papiere. Bevor meine Mutter hingeht und sich beschwert, sich beklagt, keine Ahnung was anstellt, um gegen mein Verhalten vorzugehen und den Sozialarbeitern die Ohren vollzuheulen, worauf sie sich bestens versteht.

Gestern hat sie wieder angerufen und mich angefleht, alles zu überdenken, sie hat nicht locker gelassen, du weißt, ich kann Anzeige erstatten, nur zu, du brauchst bloß über den Hof zu gehen, hab ich gesagt und aufgelegt.

Im Salon fühlte ich mich ganz eigenartig zwischen all den treuen Kundinnen. Ich verabschiedete mich von jeder einzeln, wobei ich auf der Zunge ein Tröpfchen Bedauern hatte, das meine Stimme veränderte. Ich wollte nicht weinen, das wär ja albern. Auf den Beistelltisch legte ich einen Stapel Zeitschriften (hier sind sie zurück, ich gehe ja nun). Letztlich mochte ich das, Einsamkeiten frisieren, über Gott und die Welt plaudern. Aber es gab auch immer eine Ziege, die mir Fragen stellte (na, was macht die Gesundheit, und die Kinder).

Ich ging zu den Waschbecken und sah meine Nachbarin, die mit geschlossenen Augen dasaß, den Kopf in den Nacken gelegt. Sie gehört nicht zu den treuen Kundinnen, ich fragte mich, was sie hier trieb. Ich blies ihr übers Gesicht, so dass sie die Augen öffnete, kam ganz dicht heran, ach hallo. Sie erzählte, sie wolle mit den langen Haaren ein für alle Mal Schluss machen. Ich empfahl ihr einen Superkurz-Haarschnitt, das brächte ihre großen blauen Augen besser zur Geltung. Mit verzwirbelten Fransen, um der runden Form des Schnitts ein bisschen Extravaganz zu verleihen (beim Föhnen muss man die Haare an die Fingern halten und den Pony mit Glanzwachs oder einer Modelliercreme definieren). Sie verzog das Gesicht: kein Föhn, kein Wachs und keine Creme, ganz natürlich und vor allem ganz einfach zu frisieren, weil ich mich nie frisiere, verstehst du, wirklich nie. Ok, ok, antwortete ich ... ich mache es sowieso nicht, ich lasse das Haareschneiden, ab jetzt kümmere ich mich ganztags um Pierre.

Sie setzte sich auf, ganz jung wirkte sie plötzlich und seufzte lächelnd. Sie erinnerte mich daran, dass sie da sei, wenn ich sie bräuchte.

Die Chefin ging in den hinteren Teil des Friseursalons und kam mit einem geflochtenen Zopf aus braunem Haar zurück, für dich. Ich bedankte mich. Und auch ein Bündel Geldscheine.

Die alte Dame aus dem Bus saß unter der großen Trockenhaube, sie schlug ihre Zeitschrift zu, um ein Taschentuch herauszuholen (mit dem gleichen Motiv bestickt wie das anderntags), ich behielt die Kinder im Auge, die ich draußen gelassen hatte (es ist nicht so einfach mit den drei Stufen, und ich brauchte nur ganz kurz), Titouan hielt den Kinderwagen mit beiden Händen fest, ich gab ihm ein Zeichen, nicht loszulassen. Dann hockte ich mich neben sie, machen Sie sich keine Sorgen, wirklich nicht, ich bin nicht allein, na kommen Sie. Sie umarmte mich fest.

Titouan schnitt Grimassen hinter der Scheibe, Pierre auch, aber unabsichtlich. Mir war nach Lachen und Weinen zumute.

Die beiden Gesichter waren durchgestrichen von den spiegelverkehrten Buchstaben auf dem Schaufenster. Die Öffnungszeiten (durchgehend von 9:00 bis 18:00 Uhr) unter Titouans Händen, die Paketpreise (Waschen + Föhnen) auf Pierres Kinn, an Titouans Stirn das ganze Abo-Zeug für die Kundenbindung (Familien- oder Zehnerkarte), das schöne Schaufenster der Chefin ruiniert von ihrem Gefuchtel mit den Händen, ihren ungekämmten, verstrubbelten Haaren, Pierres übel zugerichtetem Gesicht.

Ich ging hinaus und schimpfte der Form halber, schau mal wieder rein, ja mach ich, sagte ich, (aber das würde mich wundern).

Um ihm zu zeigen, dass ich stolz auf ihn bin und er jetzt ein großer Junge ist, habe ich Titouan die Briefe zum Halten gegeben.

Pierre nehme ich huckepack und lasse das Brot, den Schinken und die Tomaten unterm Kinderwagen liegen (ich hole sie später, wenn ich den Kinderwagen hoch trage). Mit all den Briefen und dem Katalog auf dem Arm kann Titouan nicht auf allen Vieren hoch krabbeln. Ich weiß, dass er wie ein Großer gehen kann, weil er sauber ist. Ich habe ihn vorgelassen. Er geht kerzengerade, hält uns ein bisschen auf.

Ich werfe einen Blick auf den Katalog, durch die Folie lese ich »ihr Gesundheitspartner«. Ich schiebe Titouan ein bisschen, es bringt ihn zum Lachen, hopp, vorwärts.

Das Abendessen war einfach. Titouan hat seinen Teller ganz alleine leergegessen (er liebt Tomaten), dann wollte er mir helfen, Pierre zu füttern.

Ich habe ihm gezeigt, wie man es macht, wie bei den kleinen Vögeln, die Vogelmama stopft das Essen direkt in den Schnabel (manchmal kaut sie es sogar vor und schiebt es dem Babyvogel in den Mund).

Er lachte laut, während er die zerdrückte Tomate und die damit vermischten Schinkenstückchen in die kleinen Finger nahm. Er lachte, während er versuchte, Pierre alles in den Mund zu stopfen, ich hielt seinen Kiefer. Pierre wehrte sich nicht allzu stark, ich hatte ihn auf den Schoß genommen, aber er machte den Mund wieder zu, trotz meiner Hände, als wollte er in die Finger seines kleinen Bruders beißen, mehrmals, was Titouan nur noch mehr zum Lachen brachte, aua aua aber nein Mama es tut nur zum Spaß weh. Ich fragte mich, ob Pierre es nicht ein wenig absichtlich getan hatte, bloß um auf den

Wangen und dem Hals das Lachen seines Bruders zu spüren, vielleicht sogar es zu sehen.

Die beiden schlafen jetzt, und ich bereue, dass ich mir etwas vormache, wie könnte Pierre seinen Bruder absichtsvoll ärgern, wie könnte Pierre irgendetwas absichtsvoll tun.

Ich esse nun auch etwas, ebenfalls ohne Besteck. Nehme mir eine Tomate, eine Scheibe Schinken und setze mich mit dem Katalog auf den Balkon, direkt auf den Boden. Ich lege ihn auf den Schoß und schlage ihn auf, wobei ich acht gebe, ja keinen Saft auf die Seiten fallen zu lassen.

Ich gebe acht, aber es tropft trotzdem, also gehe ich zurück in die Küche, nehme mir etwas Brot, tunke es in Olivenöl, reibe die Tomate drauf und setze mich wieder nach draußen.

Im Katalog sind eine Menge Apparate, die in einem seltsamen Fachvokabular vorgestellt werden, aber ich kann es mir übersetzen. Lauflerngeräte für Erwachsene, Badewanneneinsätze, Kinderwagen, die starke Belastungen bis zu 70 Kilo aushalten. Der Schalensitz ist anatomisch geformt. Ich fege die heruntergefallenen, etwas fettigen Krümel mit der Hand weg. Streiche mir die Haare aus dem Gesicht, um besser lesen zu können. Meine Hände sind voll Olivenöl, ich nutze die Gelegenheit, alle Strähnen einzuschmieren (bei der Sonne trocknen die Spitzen aus). Ich gehe ein Geschirrtuch holen, das ich mir um den Kopf wickele, wobei ich sorgfältig alle Haare hineinstecke. Wenn ich so einen Sitz hätte, bräuchte ich Pierre nicht mehr am Stuhl festzubinden (und den Stuhl zwischen Tisch und Wand zu klemmen), um ihn zum Essen zu zwingen. Außerdem könnte ich ihn tagsüber im Sitz lassen, anstatt ihn mit angewinkelten Beinen und Armen ins Bett zu legen, könnte ihn auf den Balkon setzen, ohne ihn ans Geländer zu binden, vielleicht würde er sich leichter von den Morgen- und Abendgeräuschen berühren lassen und auf der Haut nur Sonne und Wind anstatt der Gurte und Stäbe spüren, vielleicht würden ihn die Mauersegler streifen. Ich bin mir nicht sicher, ob ihm die Gurte, die Stäbe des Balkons, des Stuhls, des Betts wehtun. Aber wie kann man da sicher sein.

Die Dichte des Sitzpolsters ist auf das Gewicht des Patienten abgestimmt (ganz gleich, welchen Typ Anti-Dekubitus-Sitzkissen Sie wählen, es behält seine Festigkeit, gibt Halt und Sicherheit). Vielleicht rührt der Schmerz, der ihn lähmt und macht, dass er sich aufbäumt, wimmert und um sich schlägt, von woanders her.

Ich schlage den Katalog wieder zu und gehe hinein in die Küche, weil die Sonne um diese Zeit noch zu hoch steht, sie versengt mir den Kopf (selbst mit dem Tuch). Ich frage mich, wie es kommt, dass meine Mutter all diese Apparate nie bestellt hat. Und ich frage mich auch, was Dekubitus ist. Wenn ich in der Gendarmerie wäre, könnte ich zu meiner Nachbarin gehen und sie um ein Wörterbuch bitten.

Ich habe mich in der Haltestelle geirrt, wir sind am anderen Ende der Stadt ausgestiegen. Ich hatte keine Lust, wieder den Bus zu nehmen, dann wäre nämlich das ganze Theater von vorn losgegangen, Kinderwagen zusammenfalten, Gurte losbinden, Pierre tragen, ihn mit den Gurten auf einem Sitz festbinden, ihn losbinden, die Gurte wieder am Kinderwagen festmachen, Pierre festbinden. Also sind wir gelaufen, haben die ganze Stadt in Titouans Lauftempo durchquert. Am Ende habe ich ihn auf den Arm genommen, wie einen Rucksack, den man auf der Brust trägt. Ich habe seinen kleinen Körper mit einer Hand festgehalten und Pierre mit der anderen geschoben. Titouan ist nicht sehr schwer.

Vor dem Jugendamt habe ich schon gedacht, ich wäre wieder falsch. Es ist ein mittelalterlicher Bau mit Fenstern wie Kirchenfenstern (nur ohne Farben). Geschnitzten Rahmen, schönen grau-braunen Steinen, einer schweren hölzernen Doppelflügeltür. Ich bin mir vorgekommen wie ein Tourist vor einem historischen Denkmal. Ich fühlte mich entsetzlich schlecht. Habe die Räder des Kinderwagens blockiert und den Kopf gesenkt, so dass mein Blick auf die zwei Scheinwerfer fiel, die im Bürgersteig eingelassen sind (einem gepflasterten Bürgersteig), damit man das Bauwerk auch nachts bewundern kann. Und neben den Scheinwerfern einen Gullydeckel, aber das gibt's überall.

Einen Moment blieb ich so stehen, mit einem Fuß auf der Scheibe des Scheinwerfers (Titouan hüpfte auf der anderen herum), dann habe ich durch den Briefschlitz geschaut. Im Innern noch eine Tür, wie eine Schleuse.

Leicht verschämt habe ich beschlossen, die schwere Tür mit der Hüfte aufzustoßen. Das Geräusch war genauso schwer und majestätisch wie die Tür, wie meine Scham, wie meine Kühnheit.

In der Schleuse war eine Klingel (Rollstuhlfahrer, Personen mit körperlichen Gebrechen, mit Gehhilfen, bitte klingeln, das Personal wird über Ihr Kommen informiert).

Dann bin ich in den Warteraum des zuständigen Sekretariats gegangen.

Es gibt keinen Automaten mit Wartenummern. Es ist ohnehin so gut wie niemand da, nur eine junge Mutter mit Baby. Obwohl, jung, ich weiß nicht. Ich sehe ihr Gesicht nicht, denn die dichte Masse ihrer Haare fällt tiefschwarz herab (sie beugt sich vollständig über den kleinen Körper, der sich in ihre Arme kauert). Das Gesicht des Babys sehe ich nicht (sein ganzer Körper ist der Mutterbrust zugewandt). Auch die Brust sehe ich nicht, nur die Falten eines hochgeschobenen Pullis über dem Kopf des Babys, und zwei Hände, eine große, die den Pulli festhält, und eine zweite, ganz kleine, auf der großen.

Titouan hat sich hingesetzt. Ich hebe Pierres Körper an, der im Kinderwagen zusammengesackt ist. Sein linkes Bein, das über den Boden scharrt, klemme ich auf die Fußstütze.

Ich hole einen Stift aus der Tasche. Danke Mama sagt Titouan. Er fängt an, auf die Prospekte zu kritzeln. Mit dem Ärmel wische ich Pierres Kinn ab.

Knete die Haarsträhne in meiner Tasche.

Da es ein bisschen dauert, nehme ich eine Bürste und eine kleine Wasserflasche aus der Tasche. Titouan will trinken. Ich halte ihm die Flasche, dann kippe ich ein wenig Wasser auf die Bürste. Ich stehe auf und versuche Pierres schöne verwüstete Haarmähne durchzukämmen.

Er lässt es einen Moment zu, ich halte seine Haare, um ihn beim Bürsten nicht zu ziepen (dummerweise habe ich meinen glättenden Balm nicht mitgenommen). Das Baby gibt einen kleinen Laut von sich, Titouan fällt der Kugelschreiber aus der Hand, Pierre zuckt, vielleicht habe ich ihm wehgetan. Er zappelt heftig. Ich sehe schon den Moment, wo ich es nie schaffen werde. Man müsste ein Stück von diesen schönen blonden, ganz struppigen Haaren abschneiden, sage ich mir (zumindest die Spitzen).

Ich betrachte Titouans Haarmähne, auch sie ist ganz verstruwwelt.

Seine Haare sind zu lang und schmutzig, er kratzt sich ständig am Kopf. Ich kann mich nie dazu durchringen, mich um ihn zu kümmern, ach was soll's. Ich räume die Bürste weg. Ich will ihnen nicht die Haare schneiden, nein, nie im Leben, ich will Pierre nicht die Haare schneiden, ich will nicht, ich kann nicht. Dreadlocks sehen lustig aus bei Kindern (ich stelle mir schon die Gesichter der Leute vor).

Das Mädchen sagt, gehen Sie ruhig vor, sie hält das Baby aufrecht, damit es Bäuerchen macht, bevor sie es an die andere Brust legt. Ihr Gesicht sehe ich immer noch nicht, das des Babys genauso wenig (sie hält es vor sich, ihre beiden Gesichter liegen übereinander, wie zusammengewachsen, gemeinsam verborgen), ich frage mich, was ihr Baby für eine Behinderung haben mag (und ob es schon Zähne hat, wahrscheinlich nicht, es sieht noch ganz klein aus).

Ich erzähle dem Sekretär meine Geschichte. Er hört mir nicht zu. Wiederholt, ich darf Ihnen nichts sagen, Sie müssen mit ihrer Mutter kommen, kommen Sie mit Ihren Eltern wieder. Verlegen wippt er auf seinem Sessel hin und her, es knarrt. Ich zeige ihm meinen Ausweis und sage, ich bin zwanzig, ich bin kein Kind mehr, bitte, Sie können mich nicht daran hindern, Pierres Akte zu sehen, wenigstens das. Wie ausgelaugt erhebt er sich von seinem Drehstuhl. Öffnet einen Schrank, holt eine Mappe heraus und setzt sich wieder hin, mit einem Blick, als sei ich zu bemitleiden. Er legt die Akte auf seinen Schreibtisch und stößt beim Öffnen ein seltsam höhnisches Lachen aus. Ich hatte es Ihnen ja gesagt, Sie können nichts ausrichten, Sie haben keinerlei Rechte gegenüber diesem Kind, und im Übrigen auch keinerlei Pflichten.

Titouan will Pipi machen, und mir reich

t's. Aber warum, ich habe meine beiden Kinder anerkannt, ich kümmere mich um sie, ich verstehe das nicht.

Bedächtig schließt er die Akte wieder und sieht mich an, aber nicht auf dieselbe Weise. Er zeigt auf Pierre, dieses Kind steht unter Vormundschaft. Sie haben keine elterliche Sorge über das Kind. Ihre Eltern sind die Vormunde. Bringen sie es zurück zu Ihren Eltern.

Ich stehe auf, löse die Bremse des Kinderwagens und bringe Titouan zu den Toiletten.

Es ist fünf vor zwölf und ich weiß nicht mehr recht, was ich tun soll, ich trete auf die Scheinwerfer, nein Titouan, lass das, wir gehen jetzt zum Platz, um etwas zu essen (das Wetter ist schön).

Ich hole die beiden Sandwichs und den Brei heraus (grüne Bohnen mit Hühnchen), den ich für Pierre bereitet habe. Mir ist etwas mulmig, ihn vor all den Leuten zu füttern. Ich habe Angst, dass er sich wehrt. Ich habe ihn im Kinderwagen gelassen, rede mir ein, alles wird gut gehen.

Meine Finger dringen mühelos in seinen Mund.

Er muss auch gewindelt werden.

Ich binde ihn los, lege ihn auf die Bank, Titouan rück ein Stück zur Seite, bitte. Pierre lässt es mit sich geschehen. Ich habe an alles gedacht, ein großes und ein kleines Handtuch (das ich mit der Wasserflasche anfeuchte), eine Plastiktüte, um alles zusammengerollt hinein zu tun.

Titouan bleibt nicht sitzen, er will zur Rutsche, zur Schaukel, zur Drehscheibe und auch zum Karussell, Mama, ach bitte.

Wir haben noch den ganzen Nachmittag vor uns, also warum nicht.

Titouan sitzt auf dem kleinen Hamsterrad und winkt. Pierre schaut zu ihm hin, oder besser, er schaut nicht, aber zu ihm hin. Je länger ich mit ihm zusammen lebe, desto mehr sehe ich, dass er hört. Die anderen reden Unsinn, sie haben keine Ahnung.

Titouan kommt zurück gerannt, um seinen Mantel abzulegen, läuft wieder los, schneller noch schneller.

Er steigt auf einen Wipp-Haifisch und ruft, Mama guck ma Mama guck.

Pierre beginnt zu wimmern. Anfangs so leise, dass ich mir nicht sicher bin, ob ich ihn höre. Dann etwas lauter, aber der Lärm der anderen Kinder, ihre Schreie, ihr Gelächter, all der Sommerlärm wird das Jammern von Pierre übertönen. Ich warte ein wenig.

Er wird unruhig in den Gurten, ich schnalle ihn los, um ihn in die Arme zu nehmen, während ich Titouan rufe, wir müssen los, komm.

Titouan hat mir klar und deutlich nein zugerufen

und ist wieder zur Drehscheibe geflitzt. Ich trage Pierre, um seinen Bruder holen zu gehen, steig sofort herunter.

Pierre schlägt um sich, schreit, als würde ich ihn foltern.

Es ist mir gelungen, die Drehscheibe mit dem Bein zu stoppen. Titouan wird bockig, umklammert das Geländer der Drehscheibe. Sein gepresstes Heulen ist genauso laut wie Pierres Geschrei.

Ich setzte mich auf den Rand, ziehe meinen kleinen Jungen an mich heran (er lässt die Metallstange nicht los). Pierre spannt heftig den Bauch den Rücken. Ihre Schreie verflechten sich, winden sich ineinander. Ich nehme Titouan auf die andere Seite, damit er sich beruhigt und ich beide trösten kann. Oder vielleicht um mich mit ihrem Lärm zu betäuben.

Titouans kleiner Körper bebt, zittert bis in die Fingerspitzen (seine Hände halten das Metall noch immer umklammert aber lose). Pierre kippt mit dem Oberkörper nach hinten, fällt in die Mitte der Drehscheibe. Anstatt ihn aufzusetzen, nehme ich seine Beine hoch, um ihn drauf auszustrecken. Sein verzerrtes Gesicht findet neben der Stange Platz.

Titouan hat aufgehört zu weinen. Er ist aufgesprungen, um sich an seinen Bruder zu schmiegen.

Ganz langsam beginne ich mit den Füßen zu drehen, Pierres Laute sind auch vergangen. Titouan lacht.

Ich richte mich auf, um schneller, schneller, noch schneller zu drehen, und als ich mich neben sie fallen lasse, geht alles kreuz und quer, wir drei durchmischen uns, sehen nichts mehr, ganz unbändig, und unser Gelächter ist derart verknäuelt gedrängt, dass vielleicht auch Pierre das Lachen überkommt.

Die Drehscheibe bremst, langsam verfliegt der Rausch. Titouan schluckst vor Lachen. Und Pierre ist knallrot. Ich hebe ihn hoch und frage mich, ob die Gendarmen des Dorfes ihn mir wohl wegnehmen werden.

Epilog

Man durfte nicht über meine Nachbarin sprechen, nicht einmal hinter ihrem Rücken. Man durfte sie auch nicht ansprechen. Sie hatte nicht um Erlaubnis gebeten, schwanger zu sein. Im Übrigen machte sie lauter unerlaubte Dinge. Ich glaube, als sie noch keinen Schlüssel haben durfte, sprang sie einfach übers Tor. Ich nicht, aber ich versteckte mich, um zu schreiben, weil ich mir nicht so sicher war, ob man das durfte.

Ich betrachtete den Sohn meiner Nachbarin, ganz krumm und schief in seinem Kinderwagen, die Augen voller Sonne, und fragte mich, welches Verbot ihn hinderte, sich zu bewegen, zu sehen, zu hören, zu sprechen, die Hand zu heben, um sich den Mund abzuwischen. Ich betrachtete seine Mutter und bewunderte sie insgeheim. Ich bewunderte sie dafür, das gemacht zu haben, ein verbotenes Kind, das sabberte und sich den gesamten Himmel in die Augen zwängte. Ich spürte auch Scham, weil schließlich, der Arme.

Ich habe diese Geschichte ohne jede Erlaubnis geschrieben, nicht mal mit seiner, nicht mal der seiner Mutter, allein damit ich beim Überqueren des Hofs, bevor ich das Tor öffne, endlich — wenn auch verspätet — sagen kann, er ist schön, dein Sohn.

Junge französische Literatur bei Wagenbach

Emmanuelle Pagano *Der Tag war blau*
Roman
Sommers wie winters sammelt Adèle die Kinder aus den Dörfern und bringt sie in ihrem Bus zur Schule. Lange ahnt niemand, dass sie selbst von dort stammt.
Ein strahlender Roman über Selbstfindung und die vieldeutige Kraft der Natur.

Aus dem Französischen von Nathalie Mälzer-Semlinger
Quart*buch*. Gebunden mit Schutzumschlag. 176 Seiten

Tanguy Viel *Unverdächtig*
Roman
Eine hinterhältige Geschichte um Liebe und Geld und Verrat. Tanguy Viel erzählt virtuos von einer bodenlosen Gemeinheit. Er hypnotisiert seine Leser und legt sie dabei in aller Ruhe aufs Kreuz.

Aus dem Französischen von Hinrich Schmidt-Henkel
Quart*buch*. Gebunden mit Schutzumschlag. 128 Seiten

Tanguy Viel *Das absolut perfekte Verbrechen*
Roman
In einer nordfranzösischen Hafenstadt plant die örtliche Gaunerbande den Überfall auf das Casino. Der Plan ist ebenso verrückt wie perfekt ... Ein filmischer Roman in Schwarz-Weiß über den Traum vom großen Glück.

Aus dem Französischen von Hinrich Schmidt-Henkel
Quart*buch*. Gebunden mit Schutzumschlag. 160 Seiten

Martin Page *Antoine oder die Idiotie*

Roman

Froh zu sein bedarf es wenig, sofern man es schafft, vor den Übeln der Welt die Augen zu verschließen. So denkt zumindest Antoine und nimmt sich vor, aktiv den Verstand zu verlieren.

In 25 Sprachen wurde dieser satirische Erstling von Martin Page seit Erscheinen übersetzt. Ein »Kultroman«, dessen Leichtfüßigkeit und geistreicher Witz angenehm aus der französischen Literaturlandschaft hervorstechen.

Aus dem Französischen von Moshe Kahn
WAT 489. 144 Seiten

Martin Page *An Weltuntergänge gewöhnt man sich*

Roman

Dieser Roman des »Woody Allen der jungen französischen Literatur« handelt vom Ende einer Liebe, dem zweifelhaften Versuch, eine neue zu verhindern, von einer Karriere im freien Fall und der schlingernden Suche nach der eigenen Person.

Aus dem Französischen von Marcus Seibert
Gebunden mit Schutzumschlag. 256 Seiten

Tour de France *Junge französische Literatur*

Zu Besuch bei der gegenwärtigen französischen Literatur: junge Stimmen, neue Texte. Eine repräsentative Anthologie deutscher Erstübersetzungen mit Texten von Eliette Abécassis, Olivier Adam, Philippe Adam, Y. B., Arno Bertina, aZel luKa, Anna Gavalda, Lola Lafon, Sébastien Lapaque, Claire Legendre, Martin Page, Tanguy Viel und anderen.

Originalausgabe. Herausgegeben von Annette Wassermann
WAT 508. 192 Seiten

Jorge Edwards Faustino

Roman

In einem Helikopter verlässt Faustino, chilenischer Kommunist im Ost-Berliner Exil, die Zone und fliegt quer über den Atlantik zurück nach Santiago. Ist er derjenige, der das Attentat auf den Diktator verüben wird? Soll Faustino als neuer Präsident installiert werden? Und wer zum Teufel ist Apolinario Canales, jene zwielichtige Gestalt, die mit Faustino Fressorgien feiert und ihm junge Frauen zuführt?

Aus dem chilenischen Spanisch von Sabine Giersberg
Quart*buch*. Gebunden mit Schutzumschlag. 192 Seiten.

Colin McAdam Ein großes Ding

Roman

In seinem großartigen und lebensvollen Debüt erzählt Colin McAdam die spannende und bewegende Geschichte zweier Männer und über die Rolle, die Frauen und der Ehrgeiz, etwas richtig Großes zu schaffen, in ihren Leben spielen. Ein Roman über Liebe und Träume von magnetisierender erzählerischer Kraft und emotionaler Tiefe.

Aus dem Englischen von Eike Schönfeld
Quart*buch*. Gebunden. 384 Seiten

Berta Marsé Der Tag, an dem Gabriel Nin den Hund seiner Tochter im Swimmingpool ertränken wollte

Kurzprosa

Schon lange hat es in Spanien keine derart abgebrühte junge Erzählerin mehr gegeben. Berta Marsés Kurzgeschichten sind regelrechte Kabinettstücke an Erzählkunst – mit trügerischen Alltagsidyllen, die sie knapp und lakonisch beschreibt.

Aus dem Spanischen von Angelica Ammar
Quartbuch. Gebunden mit Schutzumschlag. 176 Seiten

Keith Ridgway *Normalzeit*

Erzählungen

Geschichten aus einem Irland, wie man es noch nicht kennt, Geschichten, die einen sofort gefangennehmen, weil sie sich so überraschend von der Normalität des gewöhnlichen Lebens abheben. Aber was ist schon normal?

Aus dem Englischen von Jürgen Schneider
Quart*buch*. Gebunden mit Schutzumschlag. 240 Seiten

Tiziano Scarpa *Körper*

Augen und Ohren, Hände und Füße, Herz und Haut, Muskeln und Nerven werden in kurzen Kapiteln beschrieben, in denen der Ich-Erzähler die eigenen Körperteile mit dem staunenden Blick eines Fremden betrachtet.

Tiziano Scarpa dichtet ihnen Geschichten an. Die Lippen etwa sind dem Zauber einer schönen Prinzessin verfallen und beginnen bei jeder Berührung von selbst zu küssen. Ellbogen sind dazu da, Geister zu vertreiben, während Hände wie Straußenköpfe in den Taschen stecken. Nerven sind die Blitze des Körpers, von Zeus gesandt.

»Scarpas Literatur ist herrlich indiskret, sehr kurios, sehr makaber und sehr schonungslos. Aber auch sehr, sehr sinnlich.«

Suse Vetterlein, taz

Aus dem Italienischen von Olaf Roth
Quart*buch*. Gebunden mit Schutzumschlag. 160 Seiten

Die französische Originalausgabe erschien 2005 unter dem Titel *Le tiroir à cheveux* bei P.O.L. éditeur in Paris.

Dieses Buch erscheint im Rahmen des Förderprogramms des französischen Außenministeriums, vertreten durch die Französische Botschaft Berlin.

Liberté • Égalité • Fraternité
RÉPUBLIQUE FRANÇAISE

AMBASSADE DE FRANCE
EN
REPUBLIQUE FEDERALE
D'ALLEMAGNE

COOPERATION UNIVERSITAIRE

Umschlaggestaltung Julie August unter Verwendung des Tagesbildes »Monday morning« von Edward B. Gordon. Gesetzt aus der Hollander. Einband- u. Vorsatzmaterial von peyer graphic gmbh, Leonberg. Gedruckt auf chlor- und säurefreiem Papier (Schleipen) und gebunden von Pustet, Regensburg.

ISBN 978 3 8031 3224 6